D1671269

Monika Barde

... und das ist wirklich passiert

Monika Barde

... und das ist wirklich passiert

Projekte-
Verlag

Impressum

1. Auflage
Satz und Druck: Buchfabrik JUCO GmbH • www.jucogmbh.de

© Projekte-Verlag 188, Halle 2005 • www.projekte-verlag.de
ISBN   3-86634-020-6
Preis: 12,50 EURO

Inhalt

Einleitung

Wenn ich mich charakterisieren sollte, würde ich sagen, dass ich ein sympathischer Mensch bin, der weiß, was er will und der mit beiden Beinen im Leben steht.

Ich hatte eine wirklich schöne und unbeschwerte Kindheit, die ich mit meinen beiden Geschwistern erleben durfte. Unsere Eltern gaben uns von dem Wenigen, das es in der DDR gab, vor allem aber Liebe. Ich denke im Nachhinein, dass das viel mehr wert ist als heute die Playstation, der Gameboy oder ein Laptop.

Ich werde 40 Jahre und habe einen schönen Beruf, der mich jeden Tag fordert, mir viel Spaß macht, und ich denke, ich kann von mir behaupten, ich arbeite mit Lust und Liebe als Röntgenassistentin – mein Traumberuf, den ich bis heute ausübe und das immerhin seit 23 Jahren.

Es gab viele Begebenheiten, traurige und schöne, und ich will Ihnen heute einige davon erzählen. Ich hoffe, Sie haben am Lesen genauso viel Freude wie ich beim Schreiben. Das ist ein großer Wunsch von mir.

Die schöne Kindheit brachte natürlich für unsere Eltern nicht nur Freude, wir hatten auch die tollsten Streiche drauf, aber wären wir sonst Kinder gewesen?

Einige davon will ich gleich zum Anfang meines Buches schildern. Bitte lassen Sie mich Ihnen noch sagen, dass alle in diesem Buch niedergeschriebenen Geschichten wahr und wirklich erlebt sind.

So komme ich gleich zu der Geschichte mit dem Rauchen.

Also, wir waren ca. 13 Jahre alt und in dem alten Mehrfamilienhaus, wo wir mit unseren lieben Eltern wohnten, hatte eine alte Frau eine Dachgeschosswohnung, die sie alleine bewohnte, weil sie im hohen Alter von 85 Jahren ihren geliebten Mann bereits verloren hatte. Sie hieß Frau Tamme und hatte eine besondere Begabung, denn sie war Pilzberaterin. Wir als Kinder, für alles offen und neugierig, interessierten uns natürlich sehr für die Natur und deren Früchte. Was mir allerdings bis zum Tod von Frau Tamme ein ungeklärtes Rätsel sein wird, wie konnte diese alte Dame im hohen Alter, mit einer Brille vor den Augen, wo der Aschenbecher hätte nur die Steigerung an Schärfe bringen können, diese Arbeit ausüben? Sie könnten ja jetzt denken, dass sie es früher in ihrer Jugend mit der Pilzberatung hatte, nein, nein weit gefehlt. Es kamen tatsächlich in den späten Sommermonaten und den frühen Herbstmonaten Ströme von Menschen zu ihr, um sich Rat zu holen.

Jedenfalls will ich nicht vom Thema abschweifen. Frau Tamme hatte Kinder im Westen und jetzt kommt ebenfalls eine Tatsache, die ich damals und heute nicht verstehe. Diese Kinder schickten ihrer alten Mutter Zigaretten. Die Zigaretten lagen demonstrativ im Schafzimmer bei ihr herum, und irgendwann überkam uns die Versuchung, davon zu probieren. Ich bin mir recht sicher, dass wir nicht überlegt hatten, was wir da taten. Vielleicht fanden wir es damals cool, so wie die anderen, einfach mal zu probieren.

Wir beide also wussten um den Platz, wo die Ziggis lagen und machten uns ein Gewerbchen, Frau Tamme einen Besuch abzustatten. Unter dem Vorwand, aus dem Schlafzimmerfenster schauen zu wollen, holten wir beide uns jeweils eine Zigarette aus der Schachtel und zündeten sie mit zittrigen Fingern und mit großer Nervosität an.

Ich verschluckte mich so heftig, dass unsere alte Pilzberaterin schon aus der Stube laut unsere Namen rief. Voller Panik warfen wir die Zigaretten aus dem Schlafzimmerfenster, wedelten und fuchtelten wie wild mit den Armen, um unsere Schandtat zu vertuschen.

Ich habe keine positive Erinnerung an diesen Nachmittag, jedenfalls habe ich es nie wieder probiert zu rauchen.

Annoncen

Zu meinem Leben gehört eine gescheiterte Ehe, die mich glauben ließ, dass ich mit dem Thema Männer einfach fertig bin. Als großen Trost hatte ich meinen kleinen Sohn, der mir half, diese schwierige Situation des Alleingelassenwerdens zu verkraften. Nach meiner Scheidung tat sich mir, wie vielen anderen Menschen in dieser Phase, ein schwarzes Loch auf. Ich sah meine Verpflichtungen: meinen Sohn, meine schichtartigen langen Dienste, den Haushalt und alles was dazu gehört. Wie sollte ich alles managen? Wie sollte alles reibungslos funktionieren? Eine große Hilfe, für die ich mich nicht genug bedanken kann, waren meine Eltern.

Sie nahmen mir Nils ab, versorgten ihn in meiner beruflichen Abwesenheit, und ich konnte mich 100%ig darauf verlassen. Das war ein schönes Gefühl in der Zeit, wo ich selber mit mir zu kämpfen hatte.

Ehrlich gesagt, ich nahm mir zwei ganze Jahre Auszeit von der Männerwelt, um zur Vernunft zu kommen, um aus gemachten Fehlern zu lernen.

Eine gute Freundin, deren Name Birgit ist, stand mir mit Rat und Tat zur Seite.

Sie war eigentlich diejenige, die eine Annonce für mich aufgeben wollte, um mich aus meinem Dornröschenschlaf zu erwecken. Sie sagte, ich müsse mich mal kümmern, es wäre schade, um mich, als guten Menschen, so alleine zu Hause zu vertrotteln. Das wollte ich natürlich nicht, schließlich befand ich mich in der Blüte meines Lebens und war wohl gut selbst in der Lage, mir einen Mann zu suchen. Meine Gedanken waren, dass ich mich vielleicht auf eine Anzeige melden könnte.

So erwartete ich jeden Mittwoch – das war der Tag, an dem die heiratswilligen und Partner suchenden Menschen ihre Texte aufgaben – die regionale Tageszeitung.

Voller Spannung las ich die kleinen Vierzeiler und versuchte, aus dem wenigen Text den Mann fürs Leben zu finden. Aber mal ehrlich gefragt, haben Sie schon jemals diese Texte gelesen? Manchmal muss man sich doch ernsthaft fragen, was der Schreiber damit erreichen will. Wenn ein 80-jähriger Mann eine Frau für gelegentlich erotische Treffen sucht, fehlt mir jegliches Verständnis – aber nichts für ungut.

Es gab die lustigsten, interessantesten, aber auch die unmöglichsten Zeilen. Man muss es nur einmal mit Interesse lesen, einfach köstlich.

So selektierte ich und fand doch tatsächlich fünf infrage kommende Zeilen.

Also legte ich mich ins Zeug und schrieb fünf Briefe, beschrieb meine Person und verwies in jedem Brief, wie wichtig mir mein Sohn ist.

Ich bin der Ansicht, dass ein gutes Verhältnis in dieser Beziehung sehr wichtig ist und dass man kein Egoist sein sollte, der nur an seine Ansprüche denkt.

Ich konnte es zuerst nicht glauben, aber als ich jedes Mal voller Aufregung an den Brieflasten stürzte, ich bekam auch tatsächlich fünf Antwortbriefe.

So vereinbarten wir, nachdem wir brieflich unsere Telefonnummern ausgetauscht hatten, einen Treffpunkt.

Mein erster Unbekannter war ein Mann in meinem Alter, der mich von oben bis unten musterte, als ich an dem vereinbarten Restaurant ankam.

Das missfiel mir ehrlich gesagt, zumal er vom äußeren Anschein ganz und gar nicht dem entsprach, was ich mir vorstellte. Seine große, sehr kräftige Gestalt, seine wenigen dünnen Haare und seine verschwitzte Erscheinung ließen in mir den Keim ersticken, auf diese Art und Weise an einen neuen Lebenspartner für meine Minifamilie zu kommen.

Wir unterhielten uns sicherlich recht nett, ich bemerkte nach kurzer Zeit, dass er mich sehr nett und angenehm fand, denn er fragte gleich, wann und wo wir uns das nächste Mal treffen könnten. Er erzählte mir, dass er eine Kinderfußballmannschaft trainiert. Das war mir wegen Nils nicht unsympathisch, schließlich spielte er wie jeder Junge in seinem Alter gerne Fußball, aber der Rest reichte mir nicht, um mit diesem Mann eine Beziehung aufbauen zu können.

Als wir uns verabschiedeten und er mir sein Interesse an einem näheren Kennenlernen signalisierte, winkten wir uns zu, nur ich wusste, dass es das erste und letzte Mal war.

Ich versprach mich zu melden, bat mir etwas Zeit aus, tat es aber nie.

Nach diesem Flop hatte ich einen Tiefschlag erlitten und wollte eigentlich die anderen Treffen absagen. In mir kochten Gedanken, die dieses Unterfangen von vornherein zum Scheitern verurteilen ließen, aber man sollte nie nie sagen.

Kandidat Nr. 2 war ein Wessi, der einen blauen Audi fuhr und der mit mir nicht essen gehen wollte. Wir trafen uns am Bahnhof, einem zentralen Platz, und er wollte mich bei einem Gespräch kennen lernen.

Warum nicht, dachte ich, ein Essen wäre mir zwar lieber gewesen, denn so hätte man fehlenden Gesprächsstoff leichter kaschieren können.

Beruflich war er bei einer großen Krankenkasse als Revisor angestellt. Seinem Auftreten nach wollte er mir unmissverständlich klarmachen, wer hier der Boss im Ring war.

Er beschrieb seine Tätigkeit mit den Worten, dass immer alle zu überprüfenden Stellen vor ihm zitterten, weil seine Genauigkeit sehr gefürchtet wäre.

Er machte wohl seinem Namen alle Ehre, er hieß Fuchs und setzte noch einen drauf, indem er sich einen „schlauen Fuchs" nannte.

Mir war sofort klar, dass er nicht der Mann meines Herzens werden würde. Ich brauchte keinen Krümelkacker, keinen Rechtsverdreher. Mein Ideal war ein fleißiger, zuverlässiger und korrekter Mann. Diesen Idealen entsprach mein Exmann leider gar nicht. Sicher drängt sich Ihnen jetzt die Frage auf, warum ich ihn dann geheiratet habe. Ich war wohl blind vor Liebe, und es war ein großer Fehler. Nachdem ich den zweiten Reinfall überstanden und überschlafen hatte, kam es zum dritten Rendezvous.

Wir trafen uns bei ihm zu Hause zum Kaffee. Ich kann Ihnen leider nicht mehr sagen, weshalb ich damals so leichtsinnig sein konnte. Zuerst suchte ich die Hausnummer und schlich um einen Altbau in einer eher miesen Wohnlage herum. Für den Bruchteil einer Minute überlegte ich mir, ob es nicht besser wäre, wieder umzukehren, aber meine Neugier war stärker. Also stieg ich eine Treppe hinauf, und in der obersten Etage kam mir ein Mann entgegengepurzelt. Ja, meine verehrten Leser, Sie haben richtig gehört: entgegengepurzelt. Er, mein Blinddate, kam von einer Bodentreppe heruntergefallen, weil er vor lauter Aufregung eine Treppe verfehlt hatte.

Mein erster Eindruck reichte mir voll und ganz. Seine Zeilen hatten mir gefallen und sprachen mich an, sonst wäre ich ja auch nicht dort gewesen. Also hatte ich mich für diesen Auftritt fein herausgeputzt, was ich von meinem Gegenüber gar nicht behaupten konnte. Er trug eine Jogginghose und Badeschlappen und ein zerknittertes T-Shirt. Ich dachte, mich haut es um. Mit allem hatte ich gerechnet, aber nicht mit so etwas. Ich bin wirklich kein eingebildeter Mensch, aber das war doch nicht mein Niveau. Er bot mir einen Kaffee an, aus einer Tasse, die dem Begriff „Kameradenbetrüger" gleichzusetzen war. Ich glaube, es ging mindestens ein halber Liter hinein. Wie sollte ich so eine Menge dieser dunkel schwarzen Brühe in Windeseile in mich hineinschütten können? Ich befürchtete, dass es ein längeres Gespräch werden musste.

Als er mich dann in seine Stube bat, fiel mir ein überdimensional großer Berg von Bügelwäsche auf. Ich dachte gleich, wie romantisch er doch war und konnte mich des Gedankens nicht erwehren, dass es ihm vielleicht ganz recht gewesen wäre, wenn ich ihm diese Arbeit gleich abgenommen hätte. Jetzt reichte es mir endgültig, und ich versuchte mich diskret aus dem Staub zu machen. Als ich endlich erlöst in meinem Auto saß, konnte ich immer noch nicht glauben, was mir da eben passiert war, aber ich war wieder um eine Erfahrung reicher geworden.

Die Motivation von Birgit, nicht aufzugeben, beflügelte mich, meinem vierten Treffen entgegenzusehen.

Der Antwortbrief, den ich von ihm mit seiner Telefonnummer erhielt, gefiel mir außerordentlich gut. Schon bei der Anrede „Liebe Moni, hallo Junior", hatte ich ein gutes Gefühl, denn immerhin war Nils mit einbezogen worden. Außerdem war mir sympathisch, dass Tilo, so sein Name, seine Vorstellung kurz und knapp verfasst hatte und er gleich um einen Terminvorschlag für ein gemeinsames Treffen bat.

Also rief ich ihn an, und wir machten einen Termin für den übernächsten Tag. Noch ahnte ich nicht im Entferntesten, dass er der Mann meines Lebens werden sollte.

Es war ein Freitag und wir hatten uns am Parkplatz vor dem Krankenhaus um 12.00 Uhr verabredet. Somit lag ein Essen in der Luft, mein Magen knurrte, denn vor lauter Aufregung hatte ich den ganzen Tag lang fast nichts gegessen.

Meine Kollegen wollten mich schon nach Hause schicken, weil es ein recht ruhiger Tag war, aber ich wollte ja nicht draußen warten, wie bestellt und nicht abgeholt.

Da aber keiner von meiner Verabredung wusste, bummelte ich 12.00 Uhr entgegen.

Ich lief aus der Klinik und hatte Tilo meine Autonummer gegeben. Wie will man sonst einen fremden Menschen erkennen, zumal vor einem Krankenhaus immer reichlich Betrieb ist. Und mit einer Zeitung oder Blume in der Hand, das war mir einfach viel zu blöd. Sie werden es mir nicht glauben, es war unmöglich gewesen, um diese Zeit auf unserem kleinen Klinikparkplatz eine freie Lücke zu bekommen, zumal es auch in die Zeit des Schichtwechsels fällt, aber Tilo parkte direkt neben meinem Auto. Ich war zu Recht erstaunt und hatte von Anfang an einen positiven Eindruck von ihm. Er war ein paar Zentimeter größer als ich, machte einen resoluten Eindruck, wirkte ruhig und besonnen auf mich. Rundum er gefiel mir.

Ich bemerkte allerdings auch, dass er ein Problem mit seiner rechten Hand hatte. Später erzählte er mir, dass es eine angeborene Erkrankung war, die frisch operiert worden ist und dass es keine anderen Alternativen dazu gab. Es handelte sich hierbei um eine Lipomatose, eine Fettgewebseinlagerung, die seine Hand betraf. Mir war das egal, jeder hat irgendein Handicap, schon aus beruflichen Gründen konnte ich mit solchen Dingen gut umgehen. Was hatte ich in diesem Zusammenhang schon für furchtbare Dinge gesehen ...

Eigentlich wollten wir meinen und seinen Hunger stillen fahren, aber es kam ganz anders. Ich kann Ihnen nicht erklären, wie es dazu kam, dass ich rechts blinkte und an ein ruhiges, verträumtes Plätzchen außerhalb meiner Heimatstadt fuhr. Es war ideal zum Spazierengehen und zum Reden, es war himmlisch ruhig. Von meinem Hunger gab es keine Spur mehr. Wir liefen also die so genannten „Katzenstufen" hinauf, eine alte, in einen Weinberg gebaute Treppe. Als wir etwa die Hälfte erklommen hatten, blieb Tilo stehen, schaute nach links und sah an einem Granitfels die Inschrift: „Tilo my Love" und fragte mich gleich, wann ich das mit Sprühfarbe angesprüht hätte.

Ich schwöre Ihnen, dass ich das letzte Mal vielleicht als Kind dort war, also ca. vor 20 Jahren. Ich hatte damit nichts zu tun. Er tat aber anders, und ich war über sein Selbstbewusstsein schon ein wenig erstaunt. Auch war ich nicht gewöhnt, dass ich nicht die Unterhaltung führe, sondern er. Eigentlich war es in meinem Leben bisher anders herum, denn ich bin ein fröhlicher und kontaktfreudiger Mensch. Wir redeten über uns, unsere Vergangenheit und unsere Erfahrungen mit dem jeweils anderen Geschlecht, über unsere Hoffnungen und Wünsche. Natürlich fragte er nach Nils, auch das machte ihn mir sehr sympathisch. Ich hatte das Gefühl, diese Annonce war ein Volltreffer. Wir fuhren an diesem Tag noch in die Stadt, bummelten wie zwei alte Latschen durch die schmalen Gassen Meißens und waren einander gleich sehr vertraut.

Ich kann Ihnen mein Gefühl nur schwer beschreiben, zumal ich immer glaubte, dass an dieser Floskel: „Liebe auf den ersten Blick", nichts dran sei, aber es gab sie wirklich.

Als ich auf meine Uhr sah, war es kurz vor Ladenschluss, und ich musste unbedingt noch einkaufen. Es war mir unerklärlich, wie rasend schnell die Zeit vergangen war.

Zu meiner großen Überraschung wollte mich Tilo begleiten, tat es auch, und wir verabschiedeten uns voneinander.

Wir winkten uns zum Abschied zu. Auf seinem Heimweg hat er sich übrigens verfahren, so aufgeregt war er.

Nun stand allerdings noch Kandidat Nr. 5 aus, und ich muss ehrlich sagen, dass ich ihn eigentlich nicht mehr treffen wollte. Eine Absage wäre zu knapp geworden und so sollte es trotz meiner bereits gefällten Entscheidung zu einem Treffen kommen. Also lernte ich ein nahe gelegenes Chinalokal kennen. Beschrieben hatte sich der große Unbekannte in seiner Annonce als groß und schlank und von der beruflichen Seite als freier Handelsvertreter.

Als ich zur verabredeten Zeit aus meinem Auto stieg, sprang ein kleiner, dicker Mensch mit einem riesigen Strauß roter Rosen auf mich zu, um mir nachträglich zum Geburtstag zu gratulieren. Da wir schon vorher einige Male miteinander gesprochen hatten, war wohl auch mein Sternzeichen zum Gespräch geworden. Ganz ehrlich gesagt, machte er mir am Telefon den sympathischsten Eindruck, aber die Wirklichkeit sah ganz anders aus.

Er trug Jeans und so einen albernen Westernschlips, der aus einem Lederbändchen mit einem silbernen Adler bestand. Der blaue Tuchmantel passte für meinen Geschmack weder zu dem Westernlook noch zu der reichlich untersetzten Statur. Er war sehr nett und freundlich, redete wie ein Wasserfall und lud mich zum Essen ein.

Er bot mir allerdings nur ein Essen aus der Rubrik „Tagesgericht" an, das andere sei ihm zu teuer.

Also, mir ging ja fast der Hut hoch. Erstens bin ich ein selbständiger Mensch, auch in finanzieller Hinsicht, und zweitens muss ich mich nicht aushalten lassen, auch dann nicht, wenn ich eingeladen bin. Ich war bedient und sah das ganze Gespräch und diesen eben erwähnten Vorfall als sehr ermüdend an und hatte die Nase randvoll von ihm. Er war im wahren Leben „Versicherungsonkel" und hätte es wohl am liebsten gesehen, wenn auch ich eine neue Versicherung an diesem Tag bei ihm abgeschlossen hätte.

Ich fand es gut so, wie er war, denn alles an ihm bekräftigte meine Entscheidung noch viel mehr, dass Tilo der Richtige war.

Nils

Mein Sohn ist ein Wendekind, denn eigentlich wurde er noch zu DDR-Zeiten geboren.

Am 25. Mai, einem schönen Freitagabend, erblickte er 20.05 Uhr das Licht der Welt. Er war schon bei seiner Geburt ein großes Kerlchen, denn immerhin maß er 59 Zentimeter und wog 4250 Gramm. Die Hebammen sagten immer, als die Kinder zum Stillen gebracht wurden, dass der Große wieder käme. Nils ist ein Einzelkind und wurde immer gehegt und gepflegt, ebenso verwöhnt. Natürlich meint es jeder mit seinem Spross ganz besonders gut, außerdem sind da auch noch Omas und Opas, Tanten und Onkels.

Als Nils knapp vier Jahre alt war, musste er leider unsere Scheidung miterleben. Ich hoffe sehr, dass er alles gut verdaut hat. Zum Glück haben wir ja jetzt Tilo, der ihm wirklich ein guter Ersatzvater ist. Immerhin ist er durch ihn auch zum Angeln gekommen, und er betreibt sein Hobby mit großer Euphorie.

Mein Kind war als kleiner Junge artig und lieb, mit dem Schlafen hatte er seine eigenen Gewohnheiten, die mich kaum schlafen ließen. Heute weiß ich nicht mehr genau, wie viele schlaflose Nächte ich hatte, um ihn zu beruhigen bzw. zum Schlafen zu bringen.

Heute ist er ein großer Bengel, der mich mit seinen 13 Jahren an Körpergröße schon längst eingeholt hat. In der Schule macht er uns viel Freude, er lernt gut, ist ordentlich und gewissenhaft. Natürlich hat er wie jedes Kind in seinem Alter auch seine Macken und Eigenheiten.

Auf letztere will ich gerade zu sprechen kommen.

Jeden Morgen, wenn es ans Aufstehen geht, vollzieht sich ein richtiges Ritual. Da Tilo leider in Stuttgart arbeitet, ist er die Woche über nicht zu Hause. Das heißt, dass Nils nach meiner Pfeife oder besser gesagt, ich manchmal nach seiner Pfeife tanzen muss. Aber im Großen und Ganzen sind wir beide ein eingespieltes Team, so dass man behaupten kann, dass es bei uns recht gut klappt.

Also abends nicht ins Bett und morgens nicht raus. Aber wo, meine lieben Leser, ist das nicht auch so? Wenn Sie Kinder oder Enkel in diesem Alter haben, werden Sie mich verstehen können, dass es da überall Probleme gibt. Außerdem war es zu meiner Zeit nicht auch ähnlich? Man sollte nie seine eigene Zeit vergessen.

Wenn ich morgens zuerst aufstehe und meine morgendlichen Verrichtungen erledigt habe, rufe ich wahrlich mit Engelszungen nach meinem Kind, das aber nur ganz entfernt daran denkt, seine Beine aus seinem geliebten Kuschelbett zu heben. Nachdem ich mir schon den Mund fusslig geredet habe, so sage ich das immer umgangssprachlich, habe ich vielleicht nach dem vierten Versuch eine geringe Chance, Nils auf der Treppe zu begegnen.

Spätestens dort kann ich mir ein Urteil über seine morgendliche Verfassung machen. Mal ist sie positiv, mal eher negativ. Er schlenkert dann ganz gemütlich ins Bad, um ein „Geschäftsmann" zu sein. Ich glaube, Sie verstehen, was ich meine. Inzwischen rase ich zum Obergeschoss was so viel heißt wie Betten machen und aufräumen, was der „gnädige Herr" hinter sich fallen ließ, und dann zur unteren Etage, was Frühstück machen und Schulbrote schmieren bedeutet. Natürlich bekommt der Liebe sein Frühstück serviert und ich setze mich, dann meistens schon das erste Mal abgehetzt , zu ihm und wir erzählen gemeinsam, was der Tag verspricht, währenddessen Nils in aller Gemütlichkeit isst.

Ich glaube mit Fug und Recht behaupten zu können, dass er es richtig gut hat, bei anderen Kindern aus seiner Klasse läuft da einfach gar nichts.

Er geht danach Zähneputzen, ist nochmals „Geschäftsmann" und spurtet zum Bus.

Ein Ritual ist außerdem, dass wir uns an drei verabredeten Stellen nochmals zum Gruß zuwinken, und dann ist endlich Ruhe.

Ich wiederum spute mich dann auch, und der Tag kann kommen. Ja ja, die lieben Kleinen.

Klassenfahrt

Die 6. Klasse meines Sohnes Nils neigte sich dem Ende entgegen, und es war eine Klassenfahrt mit 22 Jungs und fünf Mädchen geplant. In einem vorausgegangen Elternabend wurden alle organisatorischen Dinge besprochen, und als es daran ging, wer von den Eltern als Betreuer mitfahren würde, war Schweigen im Walde. Sicherlich gab es leider genügend Eltern, die arbeitslos waren, aber denken sie bloß nicht, dass sich gerade jemand von diesen gemeldet hätte, diese Truppe zu begleiten. Sicherlich ist es einfacher, einen Sack Flöhe zu hüten, aber schließlich erklärte ich mich dazu bereit.

Viele von Nils' Schulkameraden kannte ich bereits seit der Grundschule, einige waren oft in ihrer Freizeit bei uns, somit war ein erster positiver Kontakt geknüpft, der es mir erleichtern sollte, eine schöne Zeit mit den vielen Kindern zu haben. Schließlich haben wir auch viele jugendliche Patienten, somit weiß ich schon genau, mit den pubertierenden Teenagern umzugehen.

Es sollte nicht weit weg gehen. Unser Ziel lag in einer stillgelegten Windmühle, die als eine Art Ferienlager umfunktioniert worden war. In einem kleinen Anbau waren auch noch Schlafplätze eingerichtet. Ein Kleinbus holte uns pünktlich ab und brachte uns nach Strehla. So hieß die 4.000-Seelengemeinde, die direkt an der Elbe lag, zwei wunderschöne Schlösser hatte und früher eine sagenumwobene Stadt gewesen sein soll.

Mit dem Wetter hatten wir während unseres drei Tage dauernden Ausfluges absolutes Glück, es war fast zu heiß. Zum Glück befand sich ein schönes Naturerlebnisbad in unmittelbarer Nähe, so dass wir nach unserer Ankunft gleich ins kühle Nass hüpfen konnten, aber zuvor mussten die Zimmer aufgeteilt werden. Sicherlich gibt es auch bei den Kindern Gruppierungen, woran man gleich erkennen kann, wer mit wem gut kann und wer nicht. In Nils' Klasse gab es zwei Zwillingspaare, wovon nur ein Paar mitgekommen war. Alle Vier waren eigentlich recht schwierig, zumal sie aus einer Sprachheilschule kamen und echte Probleme mit dem Reden hatten. Die zwei Jungen stotterten so sehr, dass man sie fast nicht verstehen konnte. Wenn ich im Nachhinein ihren Charakter einschätzen sollte, so würde ich sie als unehrlich und hinterlistig bezeichnen. Sie waren übrigens die einzigen, die ihre Badesachen vergessen hatten. Angeblich hatten sie jeder nur eine Badehose, und da ihre Eltern Dauercamper waren, lägen dort die Badesachen, weit weg von zu Hause. Ich in meiner solidarisch-gutmütigen Art hatte Mitleid mit den Jungen und bat alle anderen Kinder in Unabhängigkeit von der Konfektionsgröße, den Zwillingen mal eine Hose zu leihen, aber es war kein Kind bereit dazu.

Bestimmt waren sie durch ihre Fülle bedingt auch ein bisschen verschämt. Ich redete als Mutter eines großen Jungen auf sie ein, in Schlüpfern zu gehen, schließlich hatten wir das Bad fast für uns alleine, aber es war einfach nichts zu machen. Am zweiten Badetag fanden sie eine lange Hose, an der man die Hosenbeine abtrennen konnte. Sie gingen mit zum Baden und nutzten die Gelegenheit schamlos aus, ihre Mitschüler hinterlistig ins Wasser zu schupsen. Was für Bälger! Alle Kinder nannten sie nur die „Twins".

Mit dem Waschen hatten sie es gar nicht, und deshalb rochen sie auch ein bisschen streng. Keiner wollte mit ihnen ins Zimmer. Sie wurden zugeteilt, und es kam fast zu einer kleinen Revolte. Mit den Stinkern wollte einfach keiner das Zimmer teilen. Die Twins heulten, wollten aber auch mit keinem ins Zimmer. Also opferte ich mich und nahm sie in meinem Zimmer auf. Ich hatte sofort mit meiner umgänglichen Art das Vertrauen und die Zuneigung der Kinder gewonnen, und in gemeinsamen Gesprächen musste ich feststellen, dass einige der Kinder es nicht so gut hatten.

Da war zum Beispiel Max. Er war ein dicker, rothaariger Junge, der sich gleich am ersten Tag einen Sonnenbrand holte. Er hatte richtige Schmerzen, er weinte sogar. Ich nahm ihn in den Arm, um ihn zu trösten. Ich merkte, dass ihm das sichtlich gut tat. Er erzählte mir, dass er es zu Hause auch nicht so leicht habe. Seine Mutter, die ich noch gut aus meiner Schulzeit in Erinnerung hatte, hatte die Familie verlassen. Sie hinterließ Max und seinen 5-jährigen Bruder. Sein Vater hatte sich um ein großes, neu gebautes Haus, seine Arbeit und seine zwei Söhne zu kümmern. Max war traurig darüber, dass seine Mutti fort gegangen ist, man merkte es ihm an.

Patrick hingegen war ein Bürschchen, dass einfach gutmütig auf mich wirkte, doch schnell bemerkte ich, dass er beim Lehrer wenige Sympathien hatte. Er hatte keinen Vater, nur eine Mutter, die ständig besoffen war, und einen großen Bruder, der mehr im Knast als in der Freiheit lebte. Patrick war immer der Prellbock, und das tat mir einfach Leid. Er war einer der wenigen Jungen, die ihr Zimmer und ihr Bett immer vorbildlich aufgeräumt hatten. Einfach ein armer Tropf.

Chris war ein lustiger, dunkel gebräunter Junge, bei dem man nicht gleich beim ersten Gedanken darauf gekommen wäre, dass sein Vater ein Kubaner war. Er wirkte reifer als seine Mitschüler, gestand mir auch, dass er schon seit einem Jahr rauchte und schon eine Freundin hatte. Schließlich waren die Kinder ja erst zwölf Jahre alt, aber auch im Umgangston gegenüber dem Lehrer musste ich die Feststellung machen, dass sich da einiges verändert hatte. Zu meiner Zeit, als der Lehrer nicht heilig, aber eine ausgesprochene Respektsperson war, kannte ich diesen fläzigen Ton nicht.

Chris' Mutter war Gerichtsvollzieherin, und sein Stiefvater war Richter. Offenbar kam er mit ihm nicht besonders gut aus, denn er nannte ihn bloß den doofen Herbert, der immer nur meckern und ihn nie loben würde.

Die Mädchen waren auch eine Gilde für sich. Von den Fünf waren vier echt gut drauf, eine war eine totale Trantüte. Sie schrieben sich mit einigen Jungen Briefe und flitzten von Zimmer zu Zimmer, so wie ein Kurier. Es war niedlich, aber Ruhe kam deswegen keine in den Haufen. Schließlich sprach der Herbergsvater bei der Hausordnung auch darüber, dass 22.00 Uhr Nachtruhe sein sollte.

Schließlich waren wir nicht die einzigen Gäste, zwei kleine Klassen machten dort auch noch ihre Abschlussfahrt. Der harte Kern, dazu gehörte auch Nils, waren Jungen, die genau wussten, was läuft. Sie hielten fest zusammen und hatten viel Spaß miteinander, denn sie schliefen in einem 6-Mann-Zimmer. Christian, Toni, Felix, Tobias, Christopher und Nils.

Chrissi ist ein Pfiffikus, der ohne Vater aufwuchs und der mit Nils schon seit der 1. Klasse die Schulbank drückte. Dadurch kennt jeder jeden genau, seine Stärken und Schwächen. Mir gefällt, dass die beiden auch in Notsituationen füreinander da sind und sich gegenseitig helfen.

Ich werde das Gefühl nicht los, dass seine Mutter ihm lieber ein paar Euro in die Hand drückt, als sich mit ihm zu befassen. Er ist sehr oft in seiner Freizeit bei uns, und durch Nils hat er auch zum Angeln gefunden.

Nils hat seine Begeisterung durch Tilo und seinen Vater entdeckt. In jeder freien Minute binden die Jungen irgendwelche Angeln, mit irgendwelchen Knoten, die mir absolut nichts sagen. Aber die beiden machen das mit solchem Eifer und so viel Interesse, dass man nur froh darüber sein kann, dass sie ein sinnvolles Hobby in ihrem Alter haben.

In der Klasse kam er mir allerdings als Außenseiter vor. Warum, konnte ich leider nicht in Erfahrung bringen.

Toni, der aufgeweckteste von allen, ist der geborene Charmeur. Wir lachten ganz viel mit den Kindern, es belebte meinen Geist und gab mir gleichzeitig das Gefühl, doch noch nicht zum alten Eisen zu gehören. Toni nannte mich „seine Taube", dieser Spitzbube, er wollte mir was Nettes sagen. Felix, der den Spitznamen „Wolle" trug, ist eher ein ruhiger Beamter. „Wolle" kam von Wolfgang Petri, weil er genauso lange lockige Haare hatte wie unser Jugendschwarm.

Seine Mutter war bei der Kripo, und man merkte schnell, dass Felix intensiver und genauer an Dinge heran ging. Die Umgangsformen und kriminalistischen Beobachtungen machten ihn zum kleinen Kommissar. Übrigens war der Opa von Felix, der erst 53 Jahre jung ist, der zweite Erwachsene, der die Klasse mit mir begleitete.

Opa Weser war ein typischer DDR-Opa, der mit Gutmütigkeit, Gerechtigkeitsidealen und viel Verständnis für die Jugend hervorstach.

Ein sehr netter, bescheidener Mensch mit freundlichem Charakter.

Wir verstanden uns gleich prima, weil wir es beide verstanden haben, mit allen Kindern gut und gerecht umzugehen.

Auf Herrn Weser komme ich noch einmal zu sprechen.

Christian, genannt „Böhmi", war ein aufbrausender, schneller und impulsiver Junge, der mir auch viel Spaß machte. Er widersprach bei Ungerechtigkeiten sofort dem Lehrer und ging gerade drauf zu und schien vor fast nichts Angst zu haben, wäre da nicht die Geschichte vom Opa Weser gewesen ...

Tobbi riskierte oft die große Lippe, ordnete sich aber dann meistens wegen Überstimmung den anderen unter.

In seinem Reisegepäck hatte er seine Boxen mit dem dazugehörigen Verstärker eingepackt und einen transportablen CD-Player. Allerdings entsprach die Musik, die mir dort angeboten wurde, nicht gerade meinem Geschmack. Die Bässe dröhnten, dass die Pappwände der Herberge zu wackeln schienen, aber das war ja erst so richtig cool. Ich bekam fast Kopfschmerzen von dem Krach, die Kids waren glücklich. Spätestens an dieser Stelle merkte man, dass zwischen uns, zwischen den Kindern und mir, doch eine Generation lag.

Als es nun an dem ersten Abend ans Schlafengehen ging und alle außer den Twins geduscht und bettfein waren, gingen wir nochmals durch die Zimmer, um den Kindern eine gute Nacht zu wünschen. Opa Weser hielt sich in dem Zimmer, wo sein Enkel und mein Sohn Nils schliefen, etwas länger auf, und ich hörte ihn reden. Als er zurückkam, saß ich mit dem Klassenlehrer schon draußen. Es war ein phantastischer lauer Abend, leider mit viel Mücken, aber einem tollen Sternenhimmel, einfach zauberhaft. Wir saßen und erzählten über unsere Arbeit und interessante Erlebnisse. So hatte jeder etwas zu berichten, und es war schön, anderen zuzuhören. Als wir unsere Kontrollrunde gingen, bemerkten wir schnell, dass die Kinder in hellem Aufruhr waren. Opa Weser hatte ihnen die Geschichte erzählt, was auch immer ihn dazu bewogen hatte, dass ein gefährlicher Verbrecher aus dem Knast ausgebrochen sei. Sicher gingen mit ihm die Pferde durch, dadurch, dass seine beiden Töchter bei der Kripo waren. Aber diese Story versetzte die Kinder in Panik und Angst. Alle dachten, dass der besagte Strolch kommen könnte. Unglücklicherweise lief der Herbergsvater draußen mit einer Taschenlampe herum und leuchtete in jedes Zimmer. Alles war perfekt. Der Mann mit der Taschenlampe musste der Verbrecher sein! Wer schlich sonst um diese Zeit, an diesem Ort mit einer Lampe umher und leuchtete dazu noch in jedes Zimmer? Die These der Kinder war klar, Felix brachte seine kriminalistischen Erfahrungen ein. Er hatte schon eine Idee, den Mistkerl zur Strecke zu bringen. Wie ein Lauffeuer verbreitete sich die Nachricht, und an Schlafen war nicht zu denken.

Ich versuchte mit beruhigenden Worten, die aus den Fugen geratene Situation einzuränken, hatte aber meine liebe Not. Alles ging sogar soweit, dass die Jungen aus dem Nachbarzimmer mit in das 6-Bett-Zimmer kamen, um dort ihr Lager aufzuschlagen. Chris lag unterm Bett von Toni, Patrick schlief bei Tobby und Marcus bei Felix mit im Bett. Die Hitze in dem kleinen Zimmer war fast unerträglich. Natürlich durfte das Fenster ja nicht geöffnet werden, sonst wäre er ja eingestiegen, der „ausgebrochene Mehrfachmörder".

So konnte man mal wieder sehen, dass diejenigen, die am Tag die große Lippe riskierten, einfach noch Kinder waren, die jeden Quatsch glaubten.

Nach dieser ersten anstrengenden Nacht kam das Bad am nächsten Tag ganz recht. Am Abend war ein schönes Lagerfeuer mit Knüppelkuchen und Bratwürstchen. Rundherum war es eine schöne Sache, die Kinder begleiten zu dürfen. Mir hat es Spaß gemacht und jeder von uns war froh, dass alles bis auf winzige Kleinigkeiten gut ging.

Tilo

Ich glaube, ich hatte bereits angedeutet, dass ich Ihnen mehr von Tilo erzählen will.

Was macht diesen Typ von Mann aus? Wer ist er? Was imponiert mir so sehr an ihm, dass er mit mir gemeinsam durchs Leben gehen darf? Er muss etwas Besonderes haben, das mich fasziniert. Er war es einfach!

Ganz zum Anfang unserer Beziehung ist es mir oft schon unheimlich vorgekommen, wie sehr wir uns glichen. Es gab Begebenheiten, die uns kaum jemand glauben würde, aber ich versichere Ihnen nochmals, dass es wirklich die Wahrheit ist. Auffällig war besonders, dass sich unsere Gedanken oft so ähnelten, als ob man seine eigenen Worte vom anderen wiederholt hörte. Was für eine Situation! Ich denke etwas, sage es nicht und der andere spricht genau das aus – als ob er Gedanken lesen könnte.

Wie das am Anfang von Beziehungen oft der Fall ist, möchte man nicht gleich alles von sich preisgeben. Der Reiz, Dinge noch nicht erzählt zu haben, macht alles viel spannender. Wir trafen uns oft, natürlich war das unter Berücksichtigung unserer beiden Arbeitszeiten nicht ganz so einfach. Außerdem wollte ich Nils noch nicht mit in unsere gemeinsamen Treffen mit einbeziehen.

Ich hielt es für vernünftiger, erst Tilo auf Herz und Nieren zu prüfen, bevor ich ihn Nils vorstellte. Er sollte nicht, wie viele Kinder in der heutigen Zeit, mehrere Männer kennen, die keine Chance hatten, jemals mein Lebenspartner zu werden. Erst musste er mein Herz gewinnen, mich mit seinen charakterlichen Stärken überzeugen. Er war jemand, der bescheiden war, der genau wusste, was das Leben verlangt.

Damals arbeitete Tilo noch als Immobilienmakler, wobei zu dieser Zeit die Geschäfte schon schleppend liefen. Er bemühte sich, im Beruf erfolgreich zu sein, aber was nützt es, wenn die Kunden kein Geld haben. Mir wurde klar, wie schwer eine Selbständigkeit sein kann. Bis dahin dachte ich immer, selbständig zu sein, sei cool, du bist dein eigener Chef, und alles tanzt nach deiner Pfeife. Wie naiv von mir. Tilo erklärte mir, dass er sich jeden Tag Gedanken machen musste, wo das Geld für seinen Unterhalt herkommt, und einfach ist es in der heutigen Zeit wahrlich nicht, Kundschaft zu aquirieren, zumal für einen Hausbau bestimmte Bedingungen einfach erfüllt sein müssen.

Da kann ich gleich mit einem Beispiel aufwarten, das selbst ich damals kaum glauben konnte.

Es ging um ein kleines Haus im Erzgebirge, was eigentlich recht romantisch von seiner Lage her war. Das Grundstück hatte große, alte Tannenbäume neben dem Wohnhaus, und ein kleiner Bachlauf ging direkt quer durchs Gelände. Manchmal begleiteten wir Tilo zu seinen Hausbesichtigungen, was für mich ziemlich interessant war.

Da die Kunden noch nicht da waren, durften Nils und ich uns das Häuschen ansehen. Ich würde sagen, eine alte, kleine Bude. Die Ausstattung war tiefste DDR-Zeit, für meine Nase kam ein stark muffiger Geruch aus dem niedrigen Büdchen, und ich meinte als Laie, dass es stark sanierungsbedürftig sei. Tilo erkläre uns, dass der Interessent unbedingt das Haus wollte, obwohl keinerlei finanzielle Grundlagen da waren.

Das Kinderbaugeld und die Eigenheimzulage sollten mit vorfinanziert werden, eigentlich das Geld, was man acht Jahre lang vom Staat bekommt, um kleinere Reparaturen zu bezahlen. Also gut, die Zeit rückte näher, und wir warteten geduldig im Auto. Endlich kam der vermutliche Käufer. Falls Sie den Film „Die Flodders" kennen, können sie sich annähernd vorstellen, wie die Klientel aussah.

Eine wild gewordene Horde von Erwachsenen und Kindern sprang aus einem Auto, das ich einen Lieferwagen nennen möchte. Wobei die Karre fast auseinander fiel. Ein Mann, der sich später als Familienoberhaupt entpuppte, hatte offenbar einen solchen Harndrang, dass er gleich erst einmal an das Haus urinierte.

Ich dachte, mich haut es um! Erstens gehörte ihm das Haus nicht, er wollte es zunächst nur besichtigen, und zweitens ließ er seinem Blaseninhalt einfach freien Lauf, wo das war, war ihm egal.

Wie gesagt, Familie Flodder kam, sah und siegte. Sie waren glücklich über das Häuschen, und irgendwie hatten sie es auch geschafft, eine Bank zu finden, die die Finanzierung übernahm.

Tilo hatte einen Verkauf geschafft, und ich hatte einen Eindruck bekommen, wie schwer es auch in dieser Branche war, ehrliches Geld zu verdienen.

Ich glaube, ich bin ein wenig vom Thema abgekommen, eigentlich wollte ich Ihnen über die Zeit unseres gemeinsamen Kennenlernens erzählen.

Als wir uns trafen, hatten wir immer Ideen, aber irgendwie zog es uns immer nach draußen in die Natur, natürlich nicht immer.

Einmal hatten wir uns vorgenommen, in die sächsische Schweiz zu fahren. Ich liebe das Elbsandsteingebirge sehr, denn als Kind verbrachte ich fast jedes Wochenende dort. Meine Eltern waren beide Bergsteiger, und wir Kinder durften immer mit. Wir waren eine große Gruppe von Kletterern, die immer ihre Kinder mithatte; es mangelte für meine Geschwister und mich nie an Spielkameraden. Was für eine schöne Kindheit, man kann auch ohne Fernseher und Computer Spaß haben. Kaum zu glauben für die Kids von heute. Also erinnerte ich mich an einen Weg, den wir als Kinder mit unseren Eltern mehrmals gegangen waren.

Ich glaubte, ihn noch zu kennen, aber irren ist ja menschlich. Wir fuhren mit dem Zug bis Rathen, dem Ort mit der berühmten Felsenbühne und seinem Wahrzeichen, der Bastei. Mit der Fähre setzten wir über und wanderten einen Weg entlang, der weitab von den Touristenruten lag. Schließlich wollten wir ja auch für uns alleine sein, wie das bei Frischverliebten so ist. Früher führte uns der Weg, also in meiner Kindheit, zu einer Hütte. So nannte man Unterkünfte, die Mitglieder des Bergrettungsdienstes und ihre Familienangehörigen kostengünstig als Schlafgelegenheiten nutzen durften. Sicherlich waren diese wenig luxuriös, aber zum Übernachten und zum Spaß haben mit Freunden waren sie zweckmäßig und ordentlich.

In meiner Erinnerung sah ich eine eine Abkürzung, die wir nehmen wollten. Wenn mein Vater mich in meiner Aufmachung gesehen hätte, er hätte wohl beide Hände über seinem Kopf zusammengeschlagen.

Der Aufzug war fein genug, um Tilo zu imponieren, aber völlig unpraktisch, um im Gebirge zu wandern. Während dessen wir schon fast kletterten und nicht mehr wanderten, hatte ich das dumpfe Gefühl, dass ich mich in dem Weg geirrt hatte. Glücklicherweise kam ein Bergsteiger von oben herunter.

Ich fragte ihn, ob wir über diesen Weg zur Bastei kämen, worauf er nur lächelte und meine Frage bejahte. Bei diesem Gesichtsausdruck hätte ich stutzen müssen. Wir kamen zwar an, so weit so gut so klar, aber fragen Sie bitte nicht wie.

Uns taten die Knochen weh, wir waren schmutzig wie kleine Kinder und völlig erschöpft. Es war wohl wahrscheinlich doch nicht der richtige Weg.

Egal was schief lief, Tilo behielt immer die Ruhe, er war selten ungehalten.

Er kann sehr gut zuhören, gibt vernünftige Ratschläge, redet über niemanden schlecht und bleibt immer auf dem Boden.

Das gefiel mir schon vor fast sieben Jahren, als wir uns kennen lernten und hat sich bis heute nicht geändert.

Seine berufliche Laufbahn änderte sich, weil das Geschäft zu schlecht lief. Seine finanzielle Situation verschlechterte sich so dramatisch, dass ich ihm aus der Not half. Es machte ihn sicherlich nicht glücklich, aber es half ihm, sich neu zu orientieren.

Wir fanden mit Hilfe des Vaters meiner Freundin eine zwar minderwertige Arbeit, aber besser als gar nichts.

Tilo arbeitete bei einer Recyclingfirma, hatte eine sehr schwere Arbeit, auch für seine Hand und recht wenig Verdienst. 1000 DM netto im Monat und 15 Stunden Arbeit täglich kann auf Dauer auch nicht gut gehen.

Da die Firma kurz vor dem Konkurs stand, konnte Tilo wenigstens mit einer Kündigung im beiderseitigen Einverständnis als Arbeitsloser gemeldet werden. Was für eine beschissene Zeit, was den Arbeitsmarkt angeht.

Jetzt arbeitet er im württenbergischen Raum, fährt einen 40-Tonner bei einer sehr angesehenen Automobilfirma Deutschlands. Auch das imponiert mir, er scheut sich vor keiner Arbeit, stellt kaum Ansprüche und ist fleißig wie eine Biene. Er ist und bleibt ein guter Mensch, der hundertprozentig zuverlässig ist. Zwischen uns stimmt einfach die Chemie, jeder kann sich auf jeden verlassen, eigentlich funktionieren wir wie ein Uhrwerk.

Er schafft dort und ich manage unsere kleine Familie hier. Haus, Hof, Kind und Beruf sind nicht gerade leicht unter einen Hut zu bringen, aber wir haben keine andere Wahl.

Wir beide sind wohl sehr froh, dass uns das Glück zusammengeführt hat – einfach ein Fünfer im Lotto.

Urlaub mit Abendteuerausflug

Im Oktober vor zwei Jahren, als die Kinder gerade Schulferien hatten, planten wir mit einer befreundeten Familie einen Urlaub im Altvatergebirge.

Es liegt im Osten der Tschechischen Republik und grenzt an Polen.

Ich muss ehrlich sagen, ich habe nicht zu glauben gehofft, wie verträumt und ruhig unser Ziel lag.

Es war ein winziges Dorf, das ein bisschen an russische Märchen erinnert, denn der Dorfkern bestand aus kleinen winzigen Holzhäusern, die in den lustigsten Farben bunt angestrichen waren. Erst dachte ich, es seien Gartenlauben, die nur im Sommer genutzt würden, aber als ich die riesigen Holzhaufen hinter den Häusern entdeckte, war mir klar, dass die Menschen diese Häuschen das ganze Jahr über benutzten.

Wir mussten nicht lange suchen, um unsere Pension zu finden.

Unser Scout, der Mann meiner Freundin, war perfekt im Autofahren und hatte sich anhand eines Prospektes informiert.

Alles verlief exzellent, und wir waren nach einer langen Autofahrt endlich am Ziel angelangt.

Es erwartete uns eine sehr große Finnhütte, die im unteren Teil ein Restaurant und oben acht Gästezimmer hatte.

Der Wirt, ein rundlicher Mann mit gutmütigen Augen, hatte die richtige Figur, um unsere Gaumen zu verwöhnen, denn er stellte sich gleichzeitig als Koch vor.

Schließlich halten Essen und Trinken Leib und Seele zusammen. Er führte uns in dem neuen, schönen Haus herum und da wir die einzigen Gäste zu sein schienen, konnten wir uns ein Zimmer aussuchen. Für tschechische Verhältnisse war alles sehr modern und sehr sauber. Wir waren höchst zufrieden und bezogen unsere Gemächer.

Ein köstlicher Duft nach leckerstem Essen zog in unsere Nasen, ein Zeichen dafür, dass wir uns zum Speisen rüsten sollten.

Wir hatten wirklich Glück mit unserer Unterkunft, alles war bestens.

Früh kam gegen 5.00 Uhr das Bäckerauto und brachte frisches Brot und Brötchen, ansonsten sahen wir dort kaum ein Auto. Hinzu kam, dass wir ausgesprochenes Glück mit dem Wetter hatten, denn im Oktober waren dort 25 Grad plus. Es machte sogar den Kindern Spaß, die ja sonst nicht unbedingt gern wandern gehen, mit uns ausgedehnte Spaziergänge bzw. Wanderungen zu unternehmen.

Wir hatten es uns einmal wieder gut schmecken lassen und so beschlossen wir, einen kleinen Verdauungsspaziergang zu machen.

Die Jungen hatten verschiedene Wanderkarten besorgt; viele Wege hatten wir schon ausprobiert, und Tilo gefiel eine Rute, die als Markierungszeichen einen doppelt weißen Balken hatte.

Also machten wir uns, da es nur ein kleiner Marsch werden sollte und außerdem sehr warm war, mit kurzärmligen Sachen auf den Weg.

Es ist schön, unbeschwert durch die Natur zu laufen, zumal unser Urlaubsziel einen Wanderlehrpfad hatte und dort vor vielen Jahren Torf gestochen wurde.

Dirk, ein gelernter Gärtner, konnte uns auf interessante Art die Pflanzenwelt noch näher bringen, und wir erfuhren Dinge, die es wert waren, ihm zuzuhören. Den Kindern gefiel es auch sichtlich gut, denn in Biologie war die Pflanzenwelt gerade Thema des Unterrichtes gewesen.

Wir Frauen liefen, hörten zu und unterhielten uns über Gott und die Welt. Was hat doch so ein ausgedehnter Frauentratsch für schöne Seiten! Wir hatten Zeit genug, um von Frau zu Frau zu sprechen. Ines und ich, wir lachten viel, jede war zufrieden, und es war ein rundum gelungener Tag.

Wir liefen und liefen, natürlich dem doppelt weißen Balken nach und merkten eigentlich gar nicht, dass es anfing, langsam zu dämmern.

Aber Tilo hatte uns immer richtig geführt, so vertrauten wir ihm. Irgendwann wurden wir alle skeptisch, es schien ein Problem zu geben. Nicht nur, dass es immer schneller dunkelte, der Weg ging nicht mehr weiter. Was nun? Wir waren doch immer genau den Markierungen an den Bäumen gefolgt! Woran lag es, dass der Weg zu Ende zu sein schien?

Die Kinder wurden unruhig, es wurde kalt, und eine gewisse Hektik machte sich breit. Was tun? Jetzt war guter Rat teuer. Zurückzugehen war keine gute Idee, schließlich waren schon drei Stunden seit unserem Start vergangen, doch keiner hatte es bemerkt.

Weiterzugehen schien ausgeschlossen, denn vor uns lag eine Böschung, die mit hohen Nadelbäumen bepflanzt war. Die Bäume standen so dicht aneinander, dass es unmöglich war, dieses Gefälle von ca. 80 Grad hinab zu steigen. Was in aller Welt sollten wir tun? Die Kinder heulten inzwischen und waren sichtlich ängstlich und stellten wohl zu recht fest, dass wir uns verlaufen hatten.

Also gingen wir den Weg bis zur nächsten Kreuzung zurück und bogen in die andere Richtung ein. Außer Wald war nichts zu sehen. Die Sichtverhältnisse waren auch nicht mehr die besten. Am Horizont erkannte man ganz kleine winzige Häuser, die denen auf einer Eisenbahnplatte glichen.

Wahrscheinlich hatten wir einen Schutzengel dabei, denn mitten im Wald stießen wir auf ein Holzhaus.

Auf unser Drängen mussten die Männer hineingehen, um Hilfe zu holen. Ich trug ihnen auf, nach einem Taxi zu fragen. Wie sinnlos, über ein Taxi nachzudenken, hier an einer Stelle, wo sich Hase und Fuchs gute Nacht sagten! Es war wohl auch ein Zeichen meiner Ratlosigkeit! Später haben wir darüber sehr gelacht. Noch war uns allerdings nicht nach Lachen zumute.

Voller Ungeduld warteten wir Frauen mit unseren frierenden Kindern draußen vor der Hütte. Es verging gar nicht viel Zeit, als ein jüngerer Mann, so in etwa Mitte Vierzig mit Tilo und Dirk herauskam. Er zog sich eilig einen Daunenanorack über und setzte einen Pickup in Bewegung. Er sollte unsere Rettung sein.

Er war sehr freundlich, sagte uns seinen Namen und wollte uns helfen.

Er hieß Peter, und während der Fahrt klärte er uns über unsere Wanderrute auf. Er berichtete uns in einwandfreiem Deutsch, dass vor zwei Jahren dort im Ort ein Marathon veranstaltet worden war von 96 Kilometern. Die Wanderkarten seien nicht aktualisiert worden, weil sich kaum ein Tourist in diese verlassene Gegend verirrte. Tilo war froh, uns nicht falsch geführt zu haben, denn der eingeschlagene Weg war völlig richtig.

Peter erklärte uns, dass unser Heimweg mindestens drei Stunden gedauert hätte, aber in der Dunkelheit unmöglich gewesen wäre.

Wir saßen hinten auf dem offenen Jeep. Ich kann Ihnen nicht sagen, welch erlösendes Gefühl in uns allen war. Peter war unser rettender Engel.

Er fuhr uns bis zur Dorfgrenze, denn er meinte, dass die nahe gelegene Grenzpolizei immer Streife fahren würde, und schließlich war die Personenbeförderung auf einem offenen Geländewagen in der CSA nicht erlaubt.

Ich hatte wie immer mein gesamtes Bargeld dabei, eine Eigenart, die ich wohl nie ablegen werde. Aber somit war es uns leicht möglich, Peter als Dank für seine heldenhafte Rettung einen Schein in die Hand zu drücken.

Es war ein wirklich netter Mensch und hatte es sich schwer verdient, denn der Wohlstand dort ist nicht gerade der beste. Aber er wollte das Geld nicht nehmen.

Er nannte uns „seine Freunde", und da sei es für ihn selbstverständlich zu helfen. So legte ich ihm unser Scheinchen heimlich auf den Beifahrersitz, wir winkten uns zu mit unserem innigsten Dank im Herzen.

Unser Fußmarsch zur Pension dauerte nur zehn Minuten, und wir waren so froh, endlich angekommen zu sein. Unser Wirt hatte schon heißen Grog gemacht, denn Peter hatte ihn inzwischen angerufen, um sich nach unserer glücklichen Heimkehr zu erkundigen. Wir waren alle richtig durchgefroren, so war das Getränk das Beste in diesem Moment. Die Kinder waren wohl lange nicht so zufrieden gewesen, wie an diesem Abend. Alle waren fix und fertig, und Gott sei Dank war am Ende alles gut.

Später sprachen und lachten wir noch oft über diese Begegnung, die auch ganz anders hätte enden können.

Der sonst so schlaue Mensch muss wohl das Fazit ziehen, dass man die Natur nicht unterschätzen darf, und dass sie die Stärkere von beiden ist.

Schließlich war es jedoch einer der schönsten und erholsamsten Urlaube, die wir je gemacht haben.

Perry

Immer wenn ich ein Kapitel mit einem Namen beginne, können Sie sich, meine lieben Leser, ja sicherlich vorstellen, dass es wieder um einen Menschen geht, der mir nachhaltig in meinem Gedächtnis hängen geblieben ist. Ich lernte Perry, damals als Mittvierziger, früh morgens um 3.00 Uhr kennen, als er nach einem Saufgelage mit seinen Freunden aus dem vierten Stock eines Neubaublockes gestoßen wurde und ich Dienst hatte. Was sehr unglaublich scheint, aber wirklich wahr ist: Er hat diesen Sturz, zwar mit schwereren Verletzungen, aber dennoch überlebt.

Ausgelöst haben den Streit Bagatellen: Unzufriedenheit wegen Geldmangels und kleinere Delikte. Aber man kann sehen, wenn Alkohol im Spiel ist, kann eine Situation schnell eskalieren. Und außerdem bewahrheitet sich einmal mehr das alte Sprichwort: „Besoffenen und kleinen Kindern passiert nichts".

Als er eingeliefert wurde, sah er sehr schlimm aus. Keiner wusste, wie lange er schon in der Hecke gelegen hatte. Sein Glück war, dass vorbeikommende Jugendliche, die auch gerade von der Tour gekommen schienen, sein klägliches Wimmern vernommen hatten und den Notarzt verständigten. Er hatte Schmerzen am ganzen Körper, denn er hatte viele Frakturen. Die Brüche waren am Kopf, an der Wirbelsäule, an Armen und Beinen und Rippen. Somit stand ihm ein längerer Krankenhausaufenthalt bevor, und wir sahen uns öfter.

Ich nahm an, dass auf Grund seiner Promillezahl sein Gedächtnis insofern eine Lücke hatte, dass er mich nicht erkannte. Aber weit gefehlt!

Jedes Mal, wenn er zu einem Photo bei uns war, drehte er sich fast den Hals um, um mich zu erkennen.

Unser Stammkunde ging gleich in die Offensive und sprach mich vertraulich mit „Du" an. Da ich das generell nicht mag, beließ ich es beim „Sie". Wer so viele Aufnahmen bekommt und unser „Stammkunde" heißt, das sind Patienten, zu denen man ein Verhältnis aufbaut, natürlich nur dienstlich. Ein Verhältnis, dass man sich beim nächsten Phototermin freut, wenn es ihm besser geht. Ich will das an dieser Stelle gleich richtig stellen, wie viele richtige Verhältnisse hätte sonst jeder Kollege bei uns?

Natürlich nutzt man die Zeit auch zu einem kleinen Plausch, und es stellte sich heraus, dass Perry kein Dummer war.

Im wahren Leben war er mal Ingenieur, stammte aus gut bürgerlichem Elternhaus, aber verlor nach der Scheidung von seiner Frau den Boden unter den Füßen.

Sicherlich steckt nicht jeder Mensch gleich so etwas weg, Perry war vielleicht zu weich veranlagt. Er erzählte mir, er würde seiner „Holden" immer noch nachtrauern, aber der Alkohol ließ ihn aus seiner Sackgasse nicht mehr raus. Die Miete konnte er nicht mehr bezahlen, er lag auf der Straße, und dort wartete schon seine zukünftige Familie. Sicherlich keine schlechten Menschen, aber alles durstige Seelen, wenn Sie verstehen, was ich meine. Er erzählte mir auch, dass wenn einer mal kein Geld mehr hatte, die anderen demjenigen dann einen ausgaben. Die Ausgabe beschränkte sich auf flüssige Kost, Bier oder Schnaps. Was sollte denn da werden?

Meine Kollegen und ich stellten schnell fest, dass Perry eigentlich eine gute Seele hatte, und er tat uns allen Leid. Was wir auch bemerkten, war, dass es ihm an allem fehlte. Er hatte keine Kleidung, kein Waschzeug und einfach gar nichts. Also galt es, eine Sammlung zu veranstalten, dessen Initiatorin ich war, um ihm mit dem Nötigsten zu helfen. Jeder schleppte irgendetwas an: Unterhosen, Handtücher Seife, Kamm, Hemden und die Dinge des täglichen Lebens. Was bei seinen folgenden Besuchen extrem auffiel, war die Tatsache, dass Perry nicht mehr so schlecht roch. Vorher hätte er gern einen Platz im Paviankäfig einnehmen können, er wäre nur durch sein Aussehen aufgefallen. Aber jetzt war er einfach ansehnlich und adrett. Jedes Mal bedankte er sich für die vielen guten Gaben, und wir hatten das Gefühl, ihn auf den rechten Weg gebracht zu haben.

Aber man sollte manchmal weniger denken.

Perry wurde gesundheitlich wieder gut hergestellt und konnte als geheilt entlassen werden. Nach einigen Monaten, es war inzwischen Winter geworden und draußen bitterkalt, stand er wieder vor unserer Anmeldeluke. Er sah verwahrlost aus wie an dem Tag, als er aus dem Fenster geworfen wurde. Was hatte unsere Güte genützt? Nichts.

Es war wohl der falsche Umgang, der ihn wieder so erscheinen ließ.

Was er eigentlich wollte, konnte ich mir nicht erklären, er beteuerte, er habe mir ein Geschenk mitgebracht. Als ich ihn fragte, wie ich zu der Ehre kam, meinte er, er brauche eine Frau. Mir blieb fast die Spucke im Hals kleben. Dieser Penner dachte doch nicht etwa im Ernst, dass ich dafür die richtige Person sein sollte?

Ich wies ihn mit aller Deutlichkeit darauf hin, dass er es mit Wasser und Seife, weniger Alkohol und vielleicht einer Arbeit versuchen sollte. Vielleicht hätte er dann mehr Glück beim weiblichen Geschlecht.

Aber jetzt kommt es. Sein Geschenk für mich war ein kleiner verschnuddelter Teddy aus Plüsch, der ein Herz um den Hals trug mit der Aufschrift: „I love you". Was in aller Welt wollte er mir damit sagen?

Ich musste gute Mine zum bösen Spiel machen und tat so, als ob ich mich über sein Mitgebrachtes freute. Er zog ab, ich warf den Bären in den Papierkorb und wusste nicht, was ich sagen sollte.

Es verging eine längere Zeit, und ich hatte Perry aus den Augen verloren, doch Perry sollte noch einmal in Erscheinung treten.

Lassen Sie mich bitte dazu etwas ausholen:

Ich hatte schon immer einen Traum, den Traum vom eigenen Haus.

Dass dafür mehrere Voraussetzungen erfüllt sein müssen, ist ja sicherlich jedem Bürger klar. Die wichtigste Bedingung ist wohl ein gesicherter, zinsgünstiger Kredit. Da ich allein erziehende Mutter bin, hatte ich es vielleicht nicht ganz einfach, die Banken von meiner Kreditwürdigkeit zu überzeugen, aber immerhin hegte ich diesen Traum schon ziemlich lange. Deshalb hatte ich auch schon die Zeit genutzt, mein Geld zu sparen, um an der Verwirklichung meines Traumes zu arbeiten. Das Sprichwort „Von nichts, kommt nichts!" trifft wieder einmal buchstäblich ins Schwarze.

Ich hatte also meinen ersten Banktermin, natürlich bei meiner Hausbank.

Mit solchen Behördengängen hatte ich bisher noch keine Erfahrung sammeln können, aber ich dachte, fein herausgeputzt machte ich vielleicht nicht den schlechtesten Eindruck, denn „Kleider machen Leute".

Natürlich suchte ich meine besten Sachen heraus und oben drüber zog ich meinen schönen blauen Tuchmantel. Schließlich schlenkerte ich ein bisschen nervös über unseren Marktplatz, ich hatte mir vorgenommen, in aller Ruhe mein Treffen anzugehen. Von der Witterung war es rein kalendarisch gesehen Winter, es war nicht zu kalt. Die Sonne schien, und es war Markttag. Die Leute tummelten sich an den verschiedenen Ständen, und ich schaute auch umher. Auf einmal hörte ich von der einzigen Parkbank, die auf unserem Markt stand, ein lautes Grölen. Ich nahm es zwar wahr, hätte aber nie zu glauben gewagt, dass es mir gelten sollte. Er war es Perry, der alte Säufer. Er johlte meinen Namen, ich grüsste ihn kurz, denn irgendwie war es mir sehr peinlich, ich in meinem Aufzug und er volltrunken auf der Bank.

So war er, unser Perry, und heute ist er tot. Der Suff hat sein Leben beendet.

Traurig, aber wahr

An anderer Stelle hatte ich bereits auf unsere schöne neue Klinik verwiesen, die nicht mit unserem alten, maroden Krankenhaus zu vergleichen war. Die Klientel war sicherlich dieselbe geblieben, wir erlebten die tollsten Dinge. Einerseits in lustiger Form, andererseits in sehr trauriger Form. Es wäre auch reichlich schlimm, wenn wir nichts zu lachen hätten. Ich denke, es ist immer wichtig im Leben, dass man sich seinen Humor bewahrt. Es ist jedenfalls meine Lebensphilosophie, und ich muss ihnen sagen, dass ich damit nicht schlecht gefahren bin.

Ein großer Vorteil im alten Spital war es aber und das entdeckten alle Mitarbeiter erst ein wenig später, dass der Zusammenhalt ein ganz anderer war. Dadurch bedingt, dass alles auf einem engeren Raum war, sah man sich oft, hatte auch schnell mal die Gelegenheit, sich gegenseitig zu helfen, und das vermissen wir heute alle sehr. Zumindest uns „alte Hasen" – und dazu zähle ich mich auch schon, denn immerhin habe ich 23 Dienstjahre auf dem Buckel.

Da wir schon bei dem Patientenklientel sind, will ich an dieser Stelle meine Geschichte weitererzählen. Was jetzt kommt, werden Sie mir sicherlich kaum glauben wollen, aber meine verehrten Leser, Sie können sicher sein, dass auch dies eine wahre Geschichte ist.

Es ergab sich, dass ich zu einer für mich alltäglichen Lungenaufnahme auf die Intensivstation gerufen wurde.

Kein Problem, tausendmal gemacht, ich zog los, meine Kassette mit dem inliegenden Film unter dem Arm. Auch ein großer Nachteil einer modernen und transparenten Klinik: weite Wege, viele Glasscheiben, um alle Mitarbeiter bei der Arbeit genau beobachten zu können. Endlich angekommen, schnappte ich mir mein mobiles Gerät. Es empfing mich ein übel riechender, fauliger Geruch auf dem Weg ins Patientenzimmer.

Im Zimmer stand nur ein Bett, ein zweites wäre für den armen anderen Tropf eine Zumutung gewesen, die keine Grenzen kannte. Bei meiner näheren Beobachtung musste ich leider feststellen, dass es sich um einen 40-jährigen Mann handelte, der im unteren Körperbereich nur mit einem dünnen Tuch bekleidet war. Es lag kein Zweifel mehr vor, aus welcher Körperregion dieser Geruch stammte. Es stank wie die Pest, eine verfaulte Leiche könnte für meine Vorstellungen nicht schlimmer stinken. Ich glaubte, ich müsse mich übergeben, aber es half nichts. Ich lagerte den Patienten in Windeseile, verrichtete meine Arbeit und holte draußen auf dem Gang erst einmal etwas frischere Luft. Hinzu kommt die Tatsache, dass auf unserer Intensivstation keine Fenster geöffnet werden dürfen, alles wird per Klimaanlage geregelt. Dass selbst diese versagte, lag auf der Hand.

Meine Kollegen erzählten mir, dass es sich um einen geistig stark behinderten Menschen handelte, der einen Vormund hatte. Dieser nahm wohl seine Aufgabe nicht besonders ernst, denn sonst wäre ihm möglicherweise aufgefallen, dass dieser arme Tropf schon mehrere Monate keinen Tropfen Wasser an seinen Genitalbereich gelassen hatte.

Vielleicht verstehen Sie jetzt die etwas derbe Überschrift.

Er lag nun da, dieser arme Mensch, mit geöffneten Hodensäcken, um den Keimen die Möglichkeit zu geben, von ihm zu schwinden. Ein sehr freundlicher Kollege, den ich schon 20 Jahre kenne, warnte mich vor einem genaueren Hinschauen und kommentierte diesen Anblick mit den Worten eines Mannes, „es sei was zum Abgewöhnen".

Wie kann man so ein Schwein sein und einen behinderten Menschen so verwahrlosen lassen? Wie skrupellos muss man sein, wie verantwortungslos?

Ich konnte es nicht fassen.

Dieser Mann hat es leider nicht geschafft, stärker als seine Sepsis zu sein – so nennt man hohes Fieber bedingt durch Keime und Bakterien. Er hat den Kampf verloren. Bleibt mir nur übrig, an die Vernunft der Menschen zu appellieren, solche übertragenen Aufgaben sehr ernst zu nehmen und immer daran zu denken, wie es wäre, wenn der eigene Vater oder die eigene Mutter dort lägen.

Wie ein zweites Leben

Diese Woche ist mir in der Klinik ein Fall untergekommen, der mich moralisch sehr beschäftigt hat.
Es geht um eine 48-jährige Frau.
Am Samstag kam sie zu uns, obwohl es ihr seit Donnerstag schon nicht gut ging. Ihre Beschwerden waren vorrangig starke Kopfschmerzen, die sie nicht als dramatisch angesehen hatte. Wer hat die manchmal nicht auch selbst?
Als am besagten Donnerstag der Notarzt schon einmal bei ihr war, um sie mit zur Untersuchung ins Krankenhaus zu nehmen, lehnte sie ab. Kein Problem, jeder Patient hat schließlich das Recht zu tun, was er für richtig hält. Dass dies oft ein fataler Fehler ist, beweist diese Geschichte.
Am Samstag wurde ihr Zustand dann also so kritisch, dass sie mitgekommen ist. Bei den vielen Untersuchungen stellte man fest, dass sich diese Patienten mit einer gefährlichen Hirnhautentzündung infiziert hatten.
Es begann eine Reihe von Vorkehrungen: Es wurde geschleust, desinfiziert und alles , was man sich nur denken kann, betrieben. Am Mittwoch, also fast eine Woche später, war die junge Frau hirntod. Das bedeutet, dass die Sauerstoffzufuhr zum Gehirn nicht mehr gewährleistet ist. Wenige Minuten ohne Blut oder Sauerstoffversorgung ist das Hirn unwiederbringlich verloren. Das Gehirn ist von der Durchblutung abgekoppelt, seine Zellen zerfallen, auch wenn der übliche Körper noch künstlich durchblutet wird. Diesen endgültigen, nicht behebbaren Ausfall der Gesamtfunktion des Groß- und Kleinhirns sowie des Hirnstamms bezeichnet man als Hirntod.
Ich möchte Sie nicht mit medizinischen Fakten belasten, aber zum besseren Verständnis wollte ich Ihnen gern diese Erklärung geben. Es war zuviel Zeit vergangen, als unsere Patien-

tin zu Hause ohne Antibiotika lag, vielleicht hätte man ihr helfen können. Eigentlich sagen die Experten, dass es sicherlich zu großen Prozentzahlen möglich gewesen wäre. Ich hatte an diesem Tag Stationsdienst, das heißt, dass alle Aufnahmen auf den Stationen und im OP-Saal von mir angefertigt werden müssen. Dem Anruf unserer Intensivstation leistete ich natürlich gleich Folge, denn wie immer wusste ich nicht, was mich erwartete.

Da lag sie nun, diese junge Frau und war tot. Ich konnte mir zuerst nicht erklären, wozu noch eine Lungenaufnahme gut sein sollte, aber der Mitarbeiter des Transplantationsteams klärte mich darüber auf.

Die Angehörigen der Patienten wurden aufgeklärt und gefragt, wie sie über eine Organspende denken.

Sicherlich ist das in so einem Moment eine heikle Angelegenheit.

Den Verwandten wird der Ernst der Lage erörtert, und sicherlich sind die meisten in so einer Situation total überfordert. Ich wäre es mit großer Sicherheit auch, denn eigentlich will man nur trauern, um den Lieben, den man gehen lassen muss. Zum Glück gibt es in Deutschland ein Transplantationsgesetz, das feste Vorschriften hat und nach denen sich jeder Arzt richten muss. Ich gebe zu, dass mir da auch einige Filme im Kopf herumschwirrten, in denen die Organe verhökert worden zu höchsten Preisen. Das Gesetz ist fest fixiert und besagt unter anderem, dass der Tod des Patienten von zwei erfahrenen Ärzten festgestellt werden muss, die unabhängig voneinander sind.

Es gibt viele Absätze, die jetzt zu weit führen würden, aber soviel sei gesagt: Ein Organhandel sowie das Übertragen und das Sichübertragenlassen gehandelter Organe wird unter Strafe gestellt. Sicher trifft das nicht überall auf der Welt zu, bestimmt am wenigsten in den armen Ländern der Welt, aber ich bin fest davon überzeugt, dass es in Deutschland so ist.

Die Wichtigkeit meiner Aufnahme lag also darin, dass bei guter Lungenfunktion auch noch die Lungen entnommen werden konnten.

Für das Herz, beide Nieren, die Leber und die Milz hatten sich die Experten bereits entschieden. Eigentlich ist es ein großes Glück, dass die Angehörigen dieser Sache offen gegenüber standen, denn nur so konnten andere schwer kranke Patienten in Europa gerettet werden. Nur durch die gezielte Gabe von Medikamenten konnten die Organe zur Transplantation brauchbar gemacht werden.

Ich zog mich um, packte meine Kassette mit dem darin befindlichen Film besonders sorgsam ein und machte meine Arbeit. Mich beschlich ein komisches Gefühl. Auch wenn die Leute künstlich beatmet werden und nicht mit einem reden, man weiß oder man hofft, sie werden wieder gesund. Aber in meinem Fall gab es keine Hoffnung mehr. Die Messe war gelesen, es gab keine Rettung mehr für sie, doch Rettung für andere arme Kranke. Die OP-Teams warteten, der Koordinator telefonierte europaweit, und alle Werte wurden verglichen, um geeignete Empfänger zu finden.

Schließlich war alles eine Frage der Zeit, denn ein Herz muss zum Beispiel innerhalb von sechs Stunden im neuen Brustkorb schlagen.

Ich persönlich habe nochmals über alles nachgedacht und mir einen Organspenderausweis zugelegt. Es ist die Entscheidung eines jeden selbst, was nach seinem Tod passiert. Aber ich konnte für mich zu der Entscheidung kommen, mit meinem Tod noch etwas Gutes zu tun.

In einer Broschüre über Organspende las ich Folgendes (was für mich ein guter Schlusssatz zu diesem Thema ist): Jeder kann mit dazu beitragen, dass der Transplantationstourismus zum Erliegen kommt, nämlich durch seine Spendenbereitschaft nach dem Tod. Sie ist das Beste, was die Menschen hier zu Lande tun können, um dem Organhandel überall den Boden zu entziehen.

Ein Fall für Edgar Wallace

Es ergab sich wieder einmal ein allbeliebter Spätdienst, der von 10.30 Uhr bis 19.00 Uhr ging. Uns wurde nur gesagt, dass die Patientin eine 90-jährige Frau sei, die sich vielleicht ihren Oberschenkelhals gebrochen haben könnte. Mein Kollege und ich machten uns an die Arbeit, und wir fuhren unsere Patientin an den Röntgentisch heran, denn ohne Umlagern hatten wir keine Chance, gute Aufnahmen zu machen.

Es soll mal keiner denken, dass ein Beruf im weißen Kittel ein absolutes Zuckerschlecken ist. Nein, unser Job verlangt richtig viel Kraft, es ist nicht damit getan, einfach mal aufs Knöpfchen zu drücken.

Was um alles in der Welt bot sich uns denn da für ein Anblick? Die Patientin war eine sehr kleine Frau, mit feinsten dünnen Haaren und purpurroten Augen. Was bei jedem Menschen im Auge weiß ist, war bei ihr feuerrot. Ich erschrak mich zutiefst. Durch dieses weiße feine Haar schimmerte eine Schuppenflechte, die ihren ganzen Körper wie eine zweite Haut zu bedecken schien. Bitte glauben Sie mir, dass unsere Ekelgrenze relativ niedrig ist, dazu sieht man zu viel, aber hier war sie eindeutig erreicht. Es grauste uns, diese Frau anzufassen, wir wollten ihr auch so wenig wie möglich wehtun, wir wollten ihr nur helfen. Sie packte mich aus Angst an den Hüften und lies mich nicht mehr los. Hätte ich sie beschreiben müssen – wir alle waren uns einig – ihr hätte man die nächste Hauptrolle im neuen Edgar-Wallace-Film freiwillig gegeben. Sie sah so furchtbar aus, es war ein Graus. Hinzu kam, dass sie blind war und ihr ganzes Elend an ihrem Körper nicht sah.

Im Anschluss an unsere Arbeit wurde die Frau operiert, es konnte ihr geholfen werden, aber sie wurde in eine Außenstelle unserer alten Klinik verlegt, einfach, um andere Mitpatienten nicht mental zu belasten, sie sah wirklich schlimm aus. Alle meine Kollegen und besonders ich hofften, niemals im Nachtdienst alleine in diese beschriebene Außenstelle zu müssen und alle waren froh, als die Dame entlassen wurde. Ganz ehrlich gesagt, erschien mir dieser furchtbare Anblick manchmal später noch im Traum.

Martin

Wenn man genauer über vergange Zeiten nachdenkt, kann mir Martin eigentlich nur Leid tun. Ich kenne ihn schätzungsweise schon 15 Jahre und hatte ihn eigentlich nie positiv in Erinnerung. Er, als typisches DDR-Kind, hatte bestimmt auch keine schöne Kindheit, denn nicht umsonst sagt doch der Volksmund, dass der Apfel nicht weit vom Stamm fällt. Geboren wurde er 1967 und lernte bestimmt schon in seiner Kindheit den Umgang mit der Schnapsflasche kennen. Jedes Mal, wenn ich Martin auf der Arbeit begegnete, war er so voll, dass er kaum noch laufen konnte. Natürlich beteuerte er immer wieder, er habe nur Kräutertee getrunken, aber das machen fast alle Alkoholiker so, denn wer gibt schon gern zu, dass er säuft? Meine Berufserfahrung hatte mich gelehrt, niemals einen Betrunkenen zu provozieren. Es ist eben manchmal einfach angebracht, die Klappe zu halten, auch wenn es mir ehrlich gesagt sehr schwer fällt, in solch einer Situation.

Also, es gibt zwei Episoden, die ich Ihnen erzählen will, weil sie in meinem Gedächtnis einen nachhaltigen Eindruck hinterlassen haben.

Es passierte vor einigen Jahren, als unser altes Krankenhaus noch existierte. Man muss sich vorstellen, dass ein Bau, der über 100 Jahre alt ist und der an größeren Modernisierungsmaßnahmen gut vorbei gekommen ist, nun einfach nicht das attraktivste Gebäude war. Die Zimmer auf Station, wo Martin nach der gleich beschriebenen Story ein Bett beziehen sollte, waren nicht gerade klein. In der Regel waren es 2-, 4-, 6- und 9-Bett-Zimmer. In letzterem war ein Bett für Martin geplant.

Er hatte, nun verzeihen Sie mir bitte meinen Ausdruck, 2,4 Promille auf dem Kessel und verstand den Dienst habenden Chirurgen nicht, der in auf eine mögliche Gehirnerschütterung hinwies und stationär aufnehmen wollte. Sein Sturz im Suff war doch nicht so glimpflich abgegangen, wie er in seinem tranigen Zustand glaubte. Offenbar brachte ihn die Bemerkung so in Wut, dass er in Sekundenschnelle das Waschbecken, welches einbetoniert war und mit Eisenträgern in der Wand befestigt war, aus der Verankerung riss und wutentbrannt auf dem Fußboden zerschmetterte.

Alle Dienst habenden Kollegen in diesem Zimmer sprangen wie auf Kommando nach hinten, jeder wirkte wie versteinert und hoffte, diesem Desaster schnellstmöglich entgehen zu können. Martin schnaufte, als ob er sich was Gutes getan hatte, wirkte deutlich ruhiger und schien seine erste Aggression hinter sich gebracht zu haben. Er keifte und beschimpfte uns, unterschrieb seinen Reverszettel und ging einfach nach Hause.

Dieser besagte Reverszettel ist der einzig rechtliche Nachweis, dass ein Patient gegen den Willen des Arztes ein Krankenhaus verlässt und gegen die ärztliche Anordnung verstößt. Somit war der Doktor auf der sicheren Seite und ehrlich gesagt, waren alle froh, dass es ging. Es war nicht auszudenken. wie eine Nachtschwester mit noch 37 anderen Patienten und einem Verrückten hätte die Nacht überstehen sollen. Die zweite Situation, auf die ich zu sprechen kommen will, ist mir in noch unheimlicher Erinnerung, obwohl es mir schon im ersten Fall gereicht hat, denn es hätte alles aus der Kontrolle laufen können.

Wieder einmal schob ich Nachtdienst, und das ist nicht gerade einfach, denn 24 Stunden am Stück zu arbeiten, immer einsatzbereit zu sein und dazu noch hoch konzentriert, wir sind auch nur Menschen und keine Maschinen. Und außerdem verlangt jeder Patient immer, dass man stets freundlich ist. Aber letzten Endes haben wir auch manchmal Kummer und Sorgen, aber das darf im Job keiner merken.

Also, unser bereits bekannter Freund war wieder einmal sturzbetrunken und dumm genug, in eine Prügelei geraten. Er stand sicher nicht zur rechten Zeit am rechten Ort, denn seine Mittelhand war ungünstig gebrochen. Ich versuchte, mich von meiner nettesten Seite zu zeigen. Er duzte mich frech, ich siezte ihn, um ihm meine Achtung zu bekunden.

Er saß am Röntgentisch, befolgte meine Anweisungen, und ich war recht froh darüber, ihn spätestens in fünf Minuten wieder los zu sein. Aber dieser Gedanke war zu voreilig, denn mit einem Male sprang er wie ein Irrer auf, packte mich trotz seiner zerbrochenen Hand ganz fest am Handgelenk und zerrte mich nach draußen. Ich, in panischer Angst, versuchte beruhigend auf ihn einzureden, manchmal hatte ich mit dieser Methode schon Erfolg gehabt, aber diesmal leider nicht. Ich versuchte sein Vertrauen zu gewinnen, indem ich ihn mit seinem Vornamen ansprach und ihn bat, mich loszulassen. Ich forderte ihn auf, keinen Unsinn zu machen, doch er zerrte mich weiter wie einen störrischen Esel. Ich hatte Herzklopfen und wirklich Angst. Keiner war da, der mir hätte helfen können, keinen den ich rufen konnte, denn inzwischen waren wir vom alten Krankenhaus in unser neues, modernes Spital umgezogen.

Das hatte viele vergleichbare Vorteile zu der alten Klinik, aber es hatte auch einen gewaltigen Nachteil: Alle Stationen befanden sich relativ weit weg von meiner Abteilung, wir hatten kein Fenster, nur künstliches Licht den ganzen Tag. Die Notfallambulanz, die die nächst gelegene Abteilung war, konnte ich auch nur über ein längeres Stück erreichen. Diesen Weg also zerrte mich Martin, und ich befürchtete, dass ich auch bald einen Notarzt nötig haben würde. Aber sein Weg ging Richtung Wartezimmer, wo sein Kumpel in der Ecke hing. Stehen konnte man wirklich dazu nicht sagen, denn er war mindestens genauso besoffen wie mein Begleiter. Zu meiner großen Überraschung ließ er mich los und sagte, er wolle mich nur seinem Kumpel Bommel vorstellen. Sie können sich kaum vorstellen, wie ich mich fühlte und mit welcher Freude ich diesem Penner meine Hand zum Gruß ausstreckte. Mein

Glücksgefühl, keine Prügelei erleben zu müssen, war nahezu unbeschreiblich.

Martin und Bommel gingen, und ich lag in meinem Bett, konnte nicht schlafen und malte mir aus, wie diese Situation für mich hätte ausgehen können. Kaum zu glauben, aber wahr.

Zu meinem großen Erstaunen musste ich unlängst in der Zeitung lesen, dass Martins Kumpels und Schluckspechte offenbar Geld gesammelt hatten, um ihm eine Todesannonce in der Zeitung zu ermöglichen.

Martin hatte es geschafft, und meine Recherchen hatten ergeben, dass seine Leber wohl der zwingende Grund für sein Ableben war.

Karneval vor ganz vielen Jahren ...

Wir gingen wie jedes Jahr mit all meinen Kolleginnen und Kollegen an einem Dienstag zur Faschingsfete.
Sie müssen sich vorstellen, dass die Vorbereitungen, die dazu notwendig waren, nicht etwa leicht zu realisieren waren.
Immerhin wohnte ich in einer Kleinstadt und Faschingsdienstag war nur einmal im Jahr. Das bedeutet etwa soviel, dass jeder, der Rang und Namen hatte, dorthin wollte.
Allerdings war der Veranstaltungsort räumlich sehr begrenzt, und das erschwerte unser geplantes Vorhaben insofern, als dass wir Beziehungen brauchten, um an viele Karten heranzukommen. Ich muss mir mal selbst auf die Schulter klopfen, aber organisieren kann ich. Schüchtern bin ich nicht, freundlich bin ich auch und somit war der Weg geebnet.
Da der Vorsitzende vom Karnevalsverein einmal Patient in unserer Abteilung war, hatten wir die berühmt-berüchtigten Beziehungen, und die waren damals bestimmt genau so wichtig wie heute. Denn wie sagt man, Beziehungen schaden nur dem, der keine hat.
Also, die Karten waren da, die Kostüme wurden mit den vorhandenen Utensilien improvisiert, denn meine Geschichte handelt 1986, zu tiefster DDR-Zeit, als Honnecker noch die Geschicke unseres Landes leitete.
Es war ein kalter, klarer Wintertag im Februar, und es lag außergewöhnlich viel Schnee. Das Motto war: „Römer und ihre Gefolge". Ich erinnere mich noch genau daran, als wenn es gestern gewesen wäre, denn den Heimweg werde ich wohl nie vergessen.
Wir alle waren vergnügt und ungezwungen, das Programm war einfach klasse und die Stimmung war sehr ausgelassen und fröhlich.
Das Schöne an so einer Fete war auch, dass man Leute traf, die man sonst selten sah. Natürlich war die Bar schwer umla-

gert, und ich weis noch gut, dass der Renner damals „grüne Wiese" war.

Für all diejenigen, die damit nichts anfangen können, will ich nur soviel sagen, dass das eines der köstlichsten Mixgetränke war, die mein Gaumen damals kannte, denn immerhin war ich kein eingefleischter Trinker.

Gut, zu Gelegenheiten genoss ich schon mal ein Gläschen Wein, aber auch zum Fasching blieb ich meiner Devise treu, „süß muss es sein". „Grüne Wiese" ist Sekt mit Ananassaft und Curacao blue gemixt. Ein Prosit auf den Erfinder – einfach himmlisch! Aber in Maßen zu genießen!

Ich kenne und kannte ziemlich viele Leute und das Hallo war groß, als wir uns trafen. Es machte ausgesprochen viel Spaß zu erfahren, was aus manchem Gast geworden war, den ich seit Schulende nicht mehr gesehen hatte. Natürlich kam das Unabwendbare, dass so mancher Narr mich zum Glase einlud, und es schmeckte ja auch so gut. Ich glaube, dass es auch wichtig ist, wie man sich an solch einem Tag fühlt. Mir jedenfalls ging es prächtig, ich genoss es, verwöhnt zu werden und fühlte mich rundum gut. Mein Bettlaken, das ich als römisches Gewand mit einer zickzackförmigen Goldkante bemalt und um meinen Leib geschwungen hatte, war schon ziemlich durchgeschwitzt, denn wir tranken und prosteten uns ja nicht nur zu, wir rockten auch wie die Wilden. Es war nötig, seinen Durst zu stillen, denn schließlich war es ziemlich warm geworden. Ich glaube, ich konnte nicht mehr nachvollziehen, wie viel ich getrunken hatte, aber eines steht fest, es war eindeutig zuviel. Der gelunge Abend ging zu Ende, und der Heimweg bahnte sich an, den ich trotz des Schnees barfuss in Römersandalen zurücklegte.

Das alleine ist schon Grund genug anzunehmen, dass ich nicht mehr ganz klar im Kopf gewesen sein muss. Was wäre gewesen, wenn meine Füße erfroren wären? Kaum auszudenken, solch ein Schwachsinn!

Endlich zu Hause angekommen, verspürte ich einen Durst auf etwas Frisches. Ich hätte trinken können, wie eine Bergziege. Damals wohnte eine ganz liebe alte Dame in meinem Haus, die von meiner Party wusste und die in gut gemeinter Absicht zwei Flaschen Rhabarberfips vor meiner Tür platziert hatte. Sie war eben eine Seele und hatte schon geahnt, dass ich durstig heimkommen würde.

Hätte ich es nur nicht gemacht, aber mit Windeseile riss ich den zwei Fläschchen den Kronkorken runter und kippte wie ein Saharatourist den Inhalt in mich hinein. Meine Klamotten warf ich unordentlich in die Küche, denn ich hatte nur noch einen Wunsch: mein Bett.

Da lag ich nun, und ich hatte nur noch einen Gedanken: Mein Bett sollte stillstehen bleiben, das Karrusell sollte aufhören, sich zu drehen. Ich dachte, Achterbahn fahren könnte nicht schlimmer sein! Vor solchen Dingen habe ich mich gern gedrückt, denn das war nichts für meinen Magen.

Ich sah nur noch Sterne und fühlte mich furchtbar. Und wenn ich schon beim Thema Magen bin: Dieser meldete sich just im nächsten Moment.

Hätte ich nicht so schnell reagiert – und schnell war da sicherlich sehr relativ – ich glaube, ich hätte die ganze Küche voll gekotzt. Um in mein winziges Bad zu gelangen, musste ich erst durch die Küche. Schön hatte ich diese Winzigkeit nie gefunden, aber genau in dieser Nacht war ich darüber das erste Mal richtig froh. Denn ich konnte auf der Toilette sitzen, weil ich inzwischen durch den Rhabarbersaft den Durchfall wie ein Waldesel hatte, und gleichzeitig meinen Kopf zur Seite drehen und mich in mein Waschbecken übergeben.

Ich hätte nie gedacht, welches Fassungsvermögen ein Magen haben konnte. Ich konnte mich des Gefühles nicht erwehren, dass sich meine Magenwände nach außen krempelten und sich obendrein noch freuten, dass ich solche Qualen erleiden musste. Aber das sollte erst der Anfang sein.

Irgendwann gab mein Magen Ruhe, ich fühlte mich außerdem körperlich völlig überfordert und an der Grenze meiner Leistungsfähigkeit, als ich wie ein geprügelter Hund in mein Bett schlich und einschlief. Vorsichtshalber nahm ich mir eine Schüssel mit, denn das Unglück hätte ja wieder kommen können.

Der Wecker klingelte, riss mich aus meiner furchtbaren Situation und sollte es wirklich wahr sein, dass ich diesem Ungetüm folgen sollte?

Ich legte mir zurecht, was ich hätte erlügen können, um nicht auf die Arbeit gehen zu müssen, aber es half nichts. Damals hatte auch kaum jemand ein Telefon, so wäre mir der Gang in die Klinik, um mich zu entschuldigen, eh nicht erspart geblieben. Ich ging duschen und hoffte auf eine Besserung meines Zustandes, aber nichts tat sich. Ich fühlte mich so elend wie noch nie zuvor in meinem Leben. Ich wünschte mir in diesem grausamen Moment die Nacht, mein Bett und die Decke über den Kopf gezogen. Damals hatte ich ein Minifahrrad, das man zusammenklappen konnte. Es war äußerst praktisch, denn es war auch gut in einem Auto zu verstauen. Mein Drahtesel verlangte, getreten zu werden, doch ich konnte nicht. Als ich von der einen auf die andere Elbseite über unsere Brücke fuhr, wurde mir schwarz vor Augen und ich glaubte, mein Bewusstsein zu verlieren. Ich hatte das Gefühl, unter meinen Füßen bräche die Brücke ein und ich stürze in die Elbe. Da war es, dieses scheußliche Gefühl des Katers danach. Ich hatte sicher schon die verschiedensten Varianten von Freunden und Verwandten gehört, dass es aber mich selbst ereilen konnte und auch noch so schlimm, war so furchtbar, dass ich diesen Zustand schon mit dem Sterben verglich. Ich schob meinen roten Begleiter, weil mir die Knie zitterten und ich auch nicht mehr in der Lage gewesen wäre zu fahren.

Ich holte ganz tief Luft, leider waren auch die Fußwege schlecht vom Schnee beräumt, so dass ich auch noch aufpassen musste, nicht zu stürzen.

Andererseits hätte ich aber nicht auf der schneeberäumten Straße torkeln können. Das wäre ja außerdem die Krönung gewesen, ich mit einer Fahne und vielleicht mit einem gebrochenen Bein.

An diesem schwarzen Aschermittwoch hatte ich die Aufgabe, für meine Kollegen frische Brötchen vom Bäcker zu holen. Das war eine schöne Tradition in unserer Abteilung, dass es jeden Mittwoch Bäckerbrötchen mit Butter und frischem Hackepeter gab. Nach allem stand mir der Sinn, nur nicht nach essen. Aber auch das half nichts, ich musste mich beim Bäcker in die Schlange der Wartenden einreihen. Hierbei handelte es sich nicht um irgendeine Bäckerei, es war die leckerste, die es in unserem Umkreis gab und erfreulicherweise auch heute noch gibt. Als ich so in der Reihe stand und mich auf meine Atmung zu konzentrieren versuchte, bemerkte ich, wie es in meinem Bauch rumorte.

Es wurde mir so übel, dass ich fluchtartig aus der Reihe sprang, um mich zu übergeben. Die Leute schauten mich angewidert an, aber es war mir egal. Ich fühlte mich so schlecht! Das Ganze wiederholte sich drei Mal, und ich konnte bei jedem Türöffnen den Geruch nicht mehr ertragen, der sich köstlich um meine Nase schwang.

Ich bat einen Mann vor mir, mir meinen Einkauf mitzubringen, gab ihm mein Geld, und er schmunzelte nur süffisant. Sicherlich ahnte er, was mit mir war. Meine Hemmschwelle war eindeutig überschritten, es war mir völlig egal, was er dachte. Hauptsache, er brachte mir meine Semmeln mit.

Endlich kam er, und ich hing den Riesenbeutel an meinen Lenker und schlich in der Kälte in Richtung Krankenhaus.

Unter einem Schauer stellte ich mein Rad ab, aber es half nichts, genau vor dem Fenster des Laborchefs musste ich brechen. Inzwischen kam nur noch Galle, und mir tat alles weh. Ich warf den Brötchenbeutel einfach hin, rannte in die Dunkelkammer, riegelte mich ein und benutze das Waschbecken, um meinen inzwischen nicht mehr vorhandenen Mageninhalt herauszubringen. Ich glaubte, kollabieren zu müssen. Im Spiegel wollte ich mich eigentlich nicht ansehen, aber der unabänderliche Blick zeichnete mir eine grau grünliche Farbe ins Gesicht.

Eine Oberärztin, die damals bei uns beschäftigt war, fragte, ob ich eine Fischvergiftung hätte, meine Hautfarbe würde darauf hinweisen. Sie war zu naiv, und ich wollte mir auch nicht die Blöße geben, ihr die Wahrheit zu gestehen. Meine Chefin damals hatte großes Verständnis für mein Missgeschick und gab mir für diesen Tag frei. Ich wäre nicht im Stande gewesen, mit meinem roten Drahtesel heimzufahren.

Zum Glück opferte sich ein Kollege, mich nach Hause zu bringen, ihm war es zwar auch vom Vortag nicht ganz so gut, aber gegen mich gesehen, ging es ihm glänzend. Er maßregelte mich auf der Heimfahrt, lieber die Scheibe seines auf Hochglanz polierten Trabantes herunterzukurbeln, als ihm in seinen ganzen Stolz zu kotzen. Ich hatte keine Lust zum Reden, ich steckte meinen Kopf zum Fenster hinaus und betete, endlich in meinem Bett liegen zu können.

Als ich wie ein Häufchen Elend dalag, hatte ich mir eines geschworen, nämlich mich niemals – und ich verweise ausdrücklich auf niemals – mich nie wieder so zu betrinken! Ich lag in meinem heiß geliebten Bett und verschlief den ganzen Tag.

Heute ist diese Geschichte 15 Jahre her, und ich habe meinen Vorsatz noch nicht wieder gebrochen.

Karl und Karla

Ja, ja – die lieben Nachbarn ...

Zum allgemein besseren Verständnis muss ich Sie, meine sehr verehrte Leserschaft, erst einmal aufklären, in welcher Gegend wir wohnen.

Früher war das Land, auf dem heute viele kleine und größere, schönere und weniger schöner Eigenheime und Doppelhaushälften stehen, ein einfaches Feld.

Als der Bauboom noch anhielt, die Eigenheimzulage und das Kinderbaugeld noch 100%ig sicher waren, als die Baubereitschaft der kinderreichen Familien noch vorhanden war, da entstanden diese niedlichen Häuser. Der Baubeginn war vor vier Jahren, ich weiß es daher so genau, weil unserer Haus das Erste war, das auf dem so genannten „Schuldenberg" entstanden ist. So nennen die Neubauwohnungsmieter in unserer Nähe neidvoll unser Baugebiet.

Unser Haus grenzt an einen Außenbereich. Das hat den ungemeinen Vorteil, dass wir keinen unmittelbaren Nachbarn haben. Darüber können wir wirklich sehr froh sein, denn andere Häuser haben den Nachbarn so dicht nebenan, dass er diesem ganz bequem die Sonntagsbrötchen über die Terrasse reichen könnte!

Wir sind auch eine der wenigen Häuslebauer, die sich einen Zaun um ihr Grundstück geleistet haben. Dafür gibt es definitiv zwei sehr wichtige Gründe. Erstens gehen viele Hundebesitzer mit ihren vierbeinigen Freunden Gassi und lassen ihre Tiere hinpinkeln und auch ihr größeres Geschäft machen, wo sie wollen. Auf Grund dieser Tatsache sind uns zwei wunderschöne größere Tannenbäume eingegangen, weil der Urin der Viecher offenbar zu scharf für die Bäumchen war. Die Trauer darüber war groß, der irreparable Schaden nicht mehr zu beheben. Der zweite, ebenso wichtige Grund ist, dass ich keine

„Budenkriecherei", wie man in Sachsen sagt, mag. Guten Tag und guten Weg, damit bin ich bis jetzt immer gut gefahren. Mich interessieren nicht die Tratschereien der Nachbarn. Ich glaube, jeder hat mit sich selbst genug zu tun.

Ich bemerke gerade, dass ich ziemlich vom Weg abgekommen bin, aber eigentlich wollte ich mir heute einen schönen Nachmittag machen, die Sonne genießen, ein kühles Bad in unserem herrlichen Pool nehmen.

Bis hierher konnte ich alles genießen, aber als ich relaxen wollte, verträumt die wunderschönen Wolken am Himmel beobachtete und es mir richtig gut ging, da war es: Das Geschrei des Nachbarkindes. Ich habe geschickt die Kurve zum eigentlichen Thema bekommen, was bin ich froh darüber!

Unsere direkten Nachbarn zur rechten Seite sind vor sieben Monaten eingezogen. Wenn man den Baufortschritt nach Äußerlichkeiten beurteilen würde, würden sie mehr als schlecht abschließen. Innen sieht es schlimmer aus als bei Hempels unterm Tisch. Er ist Bayer, sie von Brandenburg. Die 3- und 6-jährigen Mädchen sind, falls man überhaupt von Erziehung sprechen kann, antiautoritär erzogen. Sie dürfen tun und lassen, was sie wollen. Sie springen in ihrem jungen Alter noch nach 22 Uhr draußen herum und haben für meinen Geschmack gar nichts an Erziehung in ihre Wiege gelegt bekommen. Die Eltern sind sehr alternativ eingestellt. Nahrungsmittel werden nur vom Ökobauern bezogen, obwohl nur er arbeiten geht und Geld heimbringt. Sie besucht gerade einen Lehrgang zur Heilpraktikerin, den sie selbst finanzieren muss. Das Thema Ordnung scheint ein völliges Fremdwort zu sein. Gardinen haben sie keine (wir übrigens auch nicht), aber der Einblick ist oft schlimm. Die obere Etage ist noch kompletter Rohbau.

Zu tun gibt es noch mehr als genug, aber fertig wird so richtig nix. Das ist zum Glück nicht mein Problem, außerdem soll jeder nach seiner Fasson leben, und das ist auch gut so. Daran kann man sehen, wie verschieden die Menschen sind.

Ich möchte jetzt nicht, dass Sie denken könnten, ich ziehe über alle Nachbarn her, das liegt mir sehr fern. Nennen wir die beiden Eltern mal Karl und Karla – natürlich aus Datenschutzgründen.

Ich glaube und meine, dass man im Leben, wenn man es zu etwas bringen will, einen festen Plan und einen festen Willen haben muss. Das ist meine Einstellung zu diesem Thema, die ich aber bei Karl und Karla sehr vermisse. Man kann schnell den Eindruck gewinnen, dass bei denen wenig organisiert läuft. Überall wird alles angefangen, aber nichts wird fertig gebracht. Es sieht so liederlich aus, dass viele Spaziergänger kopfschüttelnd verweilen und sich sicherlich ihre Gedanken machen.

Sie geben sich bestimmt Mühe, hacken und kratzen überall herum, fahren Dreckhaufen statt Mutterboden an, haben aber obendrein damit noch Glück. Aber wie sagt das alte Sprichwort: „Der dümmste Bauer hat die größten Kartoffeln". Soviel zum Thema Außenbereich.

Innen türmen sich die Haufen der verschiedensten Schuhe, der Puppenkinderwagen ziert als Accessoire die gute Stube, der bestückte Wäscheständer steht nicht etwa auf der Terrasse, nein er steht neben dem Puppenwagen. Zwei schöne alte Tische mit verschiedenen Stühlen, wo man sagen könnte, aus jedem Dorf ein Hund, stehen auch noch herum.

Die herumliegenden alten Matratzen dienen als Bett, einfach richtig zum Wohlfühlen. Verzeihen Sie mir bitte meinen Sarkasmus, aber so möchte ich nicht hausen.

Letzte Woche hatte ich die Blumenpflege übernommen, weil unsere Nachbarn sich endlich mal eine Woche Urlaub am Senftenberger See gönnen konnten. Die mit Wasser gefüllten Tröge waren ein Sortiment aus Erichs letzter Rache. Alles Zeug, das ich längst im hohen Bogen weggeworfen hätte. Die finden es gut, es ist ja auch nicht meine Sache.

Wilhelm & Wilhelmine

Unsere Nachbarn zur linken Seite sind auch nette Leute mit verschiedenen Eigenheiten.

Ich gebe Ihnen für diese Geschichte die Namen Wilhelm und Wilhelmine. Sie sind ein Ehepaar, so um die 60. Sie ist Bulgarin und geht noch arbeiten, er ist vorzeitig in Rente gegangen. Mich wundert im Vorfeld, wie der Arbeitgeber es so lange mit diesem Menschen ausgehalten hat. Wilhelm ist ein freundlicher alter Mann, keine Frage, aber der ist tatsächlich so schnell, dass man ihm mit Leichtigkeit beim Laufen die Schuhe besohlen könnte. Der schläft bei fast jeder Bewegung ein. Vielleicht bin ich auch ein recht temperamentvoller Mensch, bei dem es losgehen muss, aber wenn ich Wilhelm bei der Arbeit zusehe, kriege ich einen dicken Hals.

Sie sind fast zeitgleich mit uns eingezogen, also vor fast vier Jahren. Sie haben zwei erwachsene Söhne, die eigentlich mit einziehen sollten. Das Haus ist daher für drei Familien konzipiert, mit drei kompletten Wohnungen. Der Keller und die obere Etage sind im rohbauähnlichen Zustand.

Wenn man das „Eingangsportal" betrachtet, fault die inzwischen grün gewordene Betontreppe ohne Fliesen natürlich langsam vor sich hin. Das Wetter hinterlässt eben seine Spuren.

Wenn die Nachbarn die Haustür öffnen, leuchtet jedem Besucher eine einfache Glühlampe entgegen, weil es immer noch, auch nach vier Jahren nicht, keinen Lampenschirm gibt. Das selbst gezimmerte Treppengeländer aus Baulatten verbindet noch immer die erste Etage mit dem Obergeschoss.

Bei den beiden kommt die südländische Lebensphilosophie durch. Bei Hitze wird erst einmal gar nichts gemacht, und alles andere hat Zeit. Einmal wurde ich hereingebeten, weil Wilhelm seinen 60. Geburtstag feierte und mir Wilhelmine voller Stolz das Bad zeigte.

Die Wanne war nicht eingefliest und über der Badewanne hing die Tapete wie eine riesengroße Beule herunter. Auf meine Frage, wie es denn dazu gekommen sei, meinte sie, dass einer der Söhne den Untergrund wohl nicht ausreichend für Feuchtraum isoliert hätte. Aber sie wusste sich wie immer zu helfen. Sie wollte vor den nahenden Gästen und den Gratulanten ein Poster über die Blase machen und später die Tapete wieder anbringen.

Auch eine Variante. Einfach zum Totlachen, aber wirklich wahr.

Die Söhne gehen inzwischen ihre eigenen Wege. Der Ältere ist fast 35 Jahre und studiert immer noch Jura. Er ist seit einiger Zeit in Wien und wird wohl auch dort bleiben, weil er dort eine Anstellung haben könnte.

Der Jüngere, ein lustiger und aufgeschlossener Typ, hat eine Freundin, bei der er täglich übernachtet. Er kommt zum Duschen und zum Essen heim, und dann ist er weg.

Ich treffe ihn jeden Morgen um die gleiche Zeit und nahm an, dass er in Schichten arbeitet, aber was für ein Irrtum! Er schläft bei seiner Freundin. So sitzen nun die beiden Alten mit dem Riesenhaus alleine da.

Ich glaube, das ist ein abschreckendes Beispiel dafür, dass man als Eltern nie ein Haus mit für die Kinder bauen sollte, weil die meistens ihre eigenen Wege gehen.

Rundum sind es freundliche und sympathische Leute, die ich gerne als meine Nachbarn mag.

Paul und Paula, Johannes und Johanna

Uns gegenüber befindet sich ein Doppelhaus, indem zwei Familien wohnen. Bevor wir unser Einfamilienhaus gebaut haben, hatte ich auch mal den Gedanken an eine Doppelhaushälfte, aber diese Idee habe ich aus den gleich beschriebenen Erlebnissen sehr schnell wieder verworfen. Eines Abends, als ich durch die Fernsehkanäle zappte, lief ein deutscher Film, der dieses Thema nicht besser erzählen konnte. Es ging um ehemals befreundete Familien, die sich auch noch zu Baubeginn gut leiden mochten. Aber im Laufe der Zeit, als eine Familie finanziell der anderen nicht mehr standhalten konnte, kam es zum großen Knall.

Die Reichen übertrafen und übertrumpften die Armen, das Ganze spitzte sich so dramatisch zu, dass beide Männer mit schwerem Geschütz aufeinander losgingen. Die Kettensäge des Reichen trennte die Treppe der armen Familie ab und nur die Polizei, dein Freund und Helfer, konnte die rettende Lösung bringen. Beide Familien verstritten sich so sehr, dass die Armen ihre Sachen packten und das feindliche Lager verließen. Nein, soweit wollte ich es nicht kommen lassen, denn sprichwortgemäß „hat man schon Pferde vor der Apotheke kotzen sehen, mit dem Rezept im Maul!".

Also, die Bewohner der einen Hälfte nenne ich mal Paul und Paula. Sie ist Friseurin und eine äußerst geschwätzige Person. Sicherlich erfahren Friseure immer viel, wenn die Kundschaft auf dem Stuhl hockt und bei der Person ihres Vertrauens dem Herzen einmal Luft machen kann. Schön wäre es allerdings, vorausgesetzt ich nehme meinen Friseur als Vertrauensperson, wenn diese Person das Anvertraute bei sich lässt und nicht überall weitererzählt. Paula zählt leider zu der letztgenannten Gruppe. Sie ist eine Plaudertasche vor dem Herrn, quatscht an jeder Ecke alles aus, was sie vor zehn Minuten erfahren hat. Ich glaube, sie wäre die allerletzte, der ich auch nur etwas anvertrauen würde. Es sei denn, es handele sich um eine Angelegenheit, die schnell weitererzählt werden soll. Diese Aufgabe würde sie mit Bravour und prompt erledigen.

Paul, ihr Ehemann, ist eher der ruhigere Part. Ihn kenne ich seit meiner Kindheit, weil wir in einem Haus aufgewachsen sind. Er lebte mit seiner Mutter, ohne seinen Vater je gekannt zu haben. Ihn würde ich als unauffällig bezeichnen, aber er muss sich seiner Frau anpassen. Sie muss alles haben, immer besser, immer schöner, immer teurer als die lieben Nachbarn.

Als wir unseren Pool bauten, was wirklich mehr Arbeit gemacht hat, als ich je gedacht hätte, kamen sie in ihrer grenzenlosen Neugierde natürlich auch zum Schnüffeln.

Unsere Maße sind 5,25 mal 3,25 in ovaler Form, schön mit Porfür umrandet und von herrlichen Kübelpflanzen umsäumt.

Natürlich kennt Neid viele Gesichter und Facetten, aber sie meinte natürlich, dass sie sich auch einen Pool bauen wollen, aber mindestens acht Meter lang.

Wenn ich heute, triumphierend versteht sich, an ihrem Haus vorbeigehe, lächle ich in mich hinein und sehe eine größere Waschwanne von ca. 2 mal 2 Metern.

Nix da, mit acht Meter lang und richtig zum Schwimmen. Warum gönnt man dem anderen nicht auch mal etwas? Eine sicherlich gute Frage, auf die man von manchen Leuten wohl niemals eine gescheite Antwort bekommen kann.

Aber weiter im Text: Unser Zaun ist schön, ein einfacher Jägerzaun zwar, aber passend zum Haus. Paul und Paula haben ein Tschechenhaus, was auch schön ausschaut, aber der kunstschmiederne, hohe Zaun rundherum wirkt wie Gitter. Natürlich war der viel teurer, und darauf kommt es ja zum Schluss an.

Er passt weder zum Haus noch in die Wohnsiedlung. Mir gefällt, wie sie den Garten angelegt haben, aber Pflanzen und Kübel in jeder Ecke. Kleine Kübel, große Kübel, ein kleines Fahrrad als Zierschmuck hier, eine Ampel dort – Hauptsache richtig viel. Vielleicht ist bei einigen Leuten VIEL ein Zeichen von Wohlstand. Ich brauche so etwas jedenfalls nicht. Sie haben einen Keller und zwei Geschosse obendrauf, alles voll eingerichtet. Sie haben zwei Kinder, die auch nicht grüßen können. Das ist wohl heute nicht mehr üblich. Ich jedenfalls schärfe unserem Junior immer ein, bei jedem den Mund zu öffnen und höflich zu grüßen. Es macht mich stolz, wenn die Anwohner sagen, dass Nils das einzige Kind in der Siedlung ist, das grüßt. Jedenfalls ist die große Tochter von Paul und Paula schon außer Haus. Ich finde, viel Platz zu haben auch schön, aber viele Räume wollen gepflegt, geputzt und beheizt sein. Schließlich ist die materielle Komponente nicht außer acht zu lassen. Alles kostet Geld und nicht zu wenig.

Das ist nun wieder der Ärger der lieben Nachbarn von Paul und Paula, die ich mal Johanna und Johannes nennen möchte. Sie haben auch zwei Kinder, einen Nachzügler von drei Jahren, der beiden viele Nerven kostet, und einen 20-Jährigen, der nicht weniger Nerven kostet. Der Große hat sein Abitur in den Sand gesetzt und zwei Lehrstellen geschmissen, weil er offenbar nur für einen kreativen Beruf geboren ist, den es noch gar nicht gibt. Ich will ihn nicht Taugenichts nennen, aber einen richtigen Plan hat er nicht.

Er läuft im tiefsten Sommer immer in schwarzen Sachen herum; vielleicht bin ich da auch zu konservativ, aber wenn sich so einer bei mir vorstellen würde, mit geöffneten Springerstiefeln, dann könnte er sofort abtreten.

Aber eigentlich ist er relativ freundlich und ansonsten unauffällig. Einmal jedoch hat es mir glatt die Sprache verschlagen. Er traf mich und meinte, mich was fragen zu müssen. Als ich ihm zuhörte, es war ein Mittwoch, fragte er mich, ob ich ihm mal unser Auto borgen könnte, so bis zum Wochenende vielleicht. Ich dachte, ich spinne. Dreist zu sein, ist keine Kunst, aber das fand ich schon unverschämt. Seine Eltern besitzen zwei Autos, und als ich ihn darauf ansprach, warum er nicht davon eines nehmen wolle, meinte er, seine Eltern würden ihm keins leihen. Unsere Jugend ... Sein Stiefvater ist Mitte vierzig, mit wenigen Haaren und recht sportlich. Er zieht sich zurück und grüßt gerade so. Johanna ist eine ehemalige Kollegin von mir. Gelernt hat sie Kinderkrankenschwester, obwohl sie so klug ist und Abitur hat. Eigentlich wollte sie Zahnärztin werden, aber dafür hat es wohl doch nicht gereicht. Als ihre Stelle nicht mehr gebraucht wurde, kam sie in unsere Abteilung an den Schreibtisch. Eine äußerst undankbare Tätigkeit, viel Stress und immer der Prügelknabe für alles und jeden. Aber wenigstens ein Job! Sie ist eine Plaudertasche und passt daher ausgezeichnet zur Nachbarin Paula. Wenn Paula nicht dabei ist, zieht Johanna über sie her. Höchst genüsslich moniert sie alles, und ihre Zunge spricht wohl die Sprache des Neides. Wenn sich Paula und Johanna allerdings begegnen, tun sie so, als wenn sie die dicksten Freundinnen wären. Mal ganz ehrlich, so etwas kann ich nicht brauchen. Mir ist wirklich egal, wer was hat, jeder muss sein Leben so leben, wie er es schön findet. Was geht mich an, was der Nachbar hat. Ich freue mich, wenn sich andere wohl fühlen. Zum Glück kenne ich das Gefühl des Neides nicht. Ich glaube, das ist eine Eigenschaft, auf die man stolz sein kann.

Johanna ist eine Frau, die 40 Jahre alt ist, und eigentlich ein recht anfälliger Typ in gesundheitlicher Beziehung ist. Sie kränkelt oft und hat nach der späten Geburt ihres Nachzüglers viel Kummer mit Schwindelanfällen. Nach der Schwangerschaft hat sie gewichtsmäßig recht zugelegt, und ihr Mann hat ihr ein Ultimatum gestellt. Wenn sie nicht wieder die Konfektionsgröße ihres Hochzeitskleides annimmt, würde er gehen. Können Sie sich so etwas vorstellen? Ich wüsste nicht, was ich machen würde, wenn Tilo mir

so was an den Kopf knallen würde, oder ich wüsste es vielleicht doch? Ich glaube, er könnte dann gehen ...
Jedenfalls hat sie aus diesen Gründen viel abgespeckt, und dafür zolle ich ihr meinen vollsten Respekt. Eine sehr beachtliche Leistung, mindestens 20 Kilo in kurzer Zeit! Paula ist etwas dicker geworden und schwer neidisch darauf, dass Johanna so abgenommen hat. Natürlich missgönnt sie ihrer „besten Freundin" diesen Triumph, indem sie ihr Spitzen über den Gartenzaun wirft. Neulich wurde ich bei meiner Gartenarbeit Ohrenzeuge eines Gespräches der beiden. Paula sagte unüberhörbar laut, dass Johanna schon nicht mehr schön aussehen würde, weil sie so abgenommen hätte. Paula ist nur neidisch darauf, einfach schlimm, diese Neidpickel.
Zur Krönung ihrer schönen Figur sonnt sich Paula neuestens splitterfasernakt auf ihrer Terrasse. Die Hecke, die mehr als spärlich wächst, ist ca. 20 Zentimeter hoch und verdeckt somit gar nichts von ihrem nackten Körper. Alle können sie sehen, auch Fremde und Spaziergänger, sie braucht das. Vielleicht schon deswegen, um Paula zu necken und herauszufordern. Natürlich riskiert Johannes auch mal einen Blick und welcher Mann schaut nicht nach nackten Frauenkörpern? Hingegen ging er gleich nackt in seinen großen Pool. Ich glaube, ich bin manchmal umgeben von Nudisten.
Ich persönlich habe nichts gegen Nacktsein, aber ich sehe auf der Arbeit täglich so viel Elend, da will ich das nicht noch in meiner Freizeit haben.
Das sind Gründe, die beide Familien gegeneinander aufwiegeln, und auf so was bin ich nicht scharf.
Lieber habe ich mein eigenes kleines Reich mit meiner lieben Familie und wünsche allen Nachbarn einen guten Tag und einen guten Weg.

Joice

Die Person, in der es in diesem Kapitel geht, heißt mit bürgerlichem Namen eigentlich Josephine und ist südafrikanischer Abstammung mit dunkler Hautfarbe. Seit drei Monaten lebt sie in unserer niedlichen Kleinstadt, spricht aber leider kein einziges Wort deutsch. Hinzu kommt noch das riesige Problem, dass Joice krebskrank ist.

Unsere erste Begegnung fand auf meiner Arbeitstelle statt, wo ich ihr eine Mammographie machte. Mit Hilfe dieser Untersuchung ist es möglich, Brustkrebs bei Frauen festzustellen. Was viele Leute nicht wissen, ist, dass auch Männer daran erkranken können.

Joice ist eine sehr hübsche, gut aussehende und attraktive Mittvierzigerin, die von einem älter aussehenden Mann begleitet wurde.

Ich nahm an, dass dieser uncharmante und gehbehinderte Mann als Dolmetscher fungierte. Aber er war – man will es nicht glauben – ihr Ehemann. Er bot mir seine Hilfe bei der Übersetzung unseres Gespräches an. Aber seine Englischkenntnisse waren schlechter als meine. Leider musste sich Joice einer Brustoperation unterziehen, und die Strahlentherapie läuft noch in vollem Gange.

Mir stellten sich viele Fragen. Wie konnte es sein, dass so eine adrette Frau einen so unsympathischen Mann ehelichte, in ein Land zog, dessen Sprache sie nicht sprach und auch noch ein 11-jähriges Mädchen mitbrachte, das es hier auch nicht besonders leicht hatte?

Sie heißt Rene und ist ein trotz des jungenhaften Namens ein süßes Mädchen, das eifrig lernt und dadurch ihrer Mutter eine große Hilfe ist.

Eines Tages, als ich Nachtdienst hatte, traf ich auf meiner Arbeit Joice, die völlig verzweifelt und verweint war. Sie bat mich um Rat, sah mich als ihre Freundin an und als Vertraute, und ich willigte ein, ihr zu helfen.

Sie schilderte mir ihre familiäre Situation, gestand mir dabei, dass ihr Mann sie und ihre Tochter geschlagen habe und es oft Eskalationen zu Hause gäbe. Sie hatte Angst, einfach abgeschoben zu werden, denn ihre Aufenthalts- und Arbeitserlaubnis war befristet für ein Jahr. Ihr Mann sprach von Scheidung und zu ihren großen, tapfer ertragenen gesundheitlichen Problemen kamen jetzt noch die Stresssituationen zu Hause. Joices größter Wunsch in ihrer verzweifelten Lage war es, einen anderen, einen neuen Mann kennen zu lernen, einen, der ihr die schönen Seiten des Lebens aufzeigte. Nur, woher sollte ich diesen Mann nehmen? Sie erzählte mir, dass sie auf ihrer täglichen Taxifahrt zum Strahlentherapiezentrum von einer Taxifahrerin gefahren wird, die ihr eine lokale Zeitung mit Annoncen in die Hand gedrückt hatte. Ja, sie hatte es sich tatsächlich fest vorgenommen und zeigte mir einen kleinen Text, der ihr aus dem Grunde zusagte, weil der dort angepriesene Mann kinderlieb war und in ihrer Altersvorstellung einen guten Platz belegte.

Er hieß Jörg, machte mir so vom Text her auch keinen unsympathischen Eindruck, aber das Handicap war, dass diese Annonce über eine Partnervermittlung lief.

Damit hatte ich wirklich keine Erfahrung, und ich ahnte nicht im Geringsten, was auf mich zukommen sollte. Joice berichtete mir, dass es in ihrer Heimat gar nicht ungewöhnlich sei, dass Männer und Frauen, die einen neuen Partner suchten, einfach einen kleinen Text mit Telefunnummer aufgaben und sich als Interessenten meldeten. Ganz einfach und unkompliziert. Nun waren ihre Deutschkenntnisse aber so gut wie nicht vorhanden, und was hätte es für einen Eindruck gemacht, wenn ihre minderjährige Tochter dort angerufen hätte. Also war ich die Auserkorene, die in dieser für meine Verhältnisse ominösen Agentur anrufen sollte.

Noch nie in meinem Leben hatte ich so etwas gemacht. Ganz ehrlich gesagt, auf Annoncen hatte ich schon oft geantwortet und Gott sei Dank auch meinen Lebensgefährten kennen gelernt, was einem Fünfer im Lotto gleicht! Aber darauf werde ich zu einem späteren Zeitpunkt zu sprechen kommen. Ich rief die Nummer an und war ein wenig aufgeregt, weil ich nicht wusste, wie ich mich zu verhalten hatte. Ich sagte meinen Namen und trug mein Anliegen vor. Ich schilderte der Dame am anderen Ende meinen Auftrag und dachte eigentlich nur daran, Joice aus ihrer Lage zu helfen. Sie können mir glauben, dass ich mich nicht besonders wohl in meiner Haut fühlte, aber ich tat es für einen guten Zweck. Ich denke, wenn man sich einmal entschlossen hat zu helfen, dann muss man es mit allen Konsequenzen tun. Außerdem ging mir der Gedanke nicht aus dem Kopf, wie ich mich fühlen würde in einem fremden Land, dessen Sprache mir gänzlich unbekannt ist. Ich beschrieb meine Freundin von ihrer besten Seite, aber meine Telefonpartnerin machte mir unmissverständlich klar, dass Jörg nur eine deutsche Frau treffen wollte. Ich versuchte der Dame klarzumachen, dass man nicht von irgendeiner Herkunft, Konfession oder Hautfarbe ausgehen sollte, um einen Menschen zu beurteilen, bat sie sogar um eine Chance für Joice, aber sie verwehrte mir weitere Informationen. Als ich mit ihr telefonierte, stand Joice neben mir, kaute nervös an ihren schönen Fingernägeln und sah mich gespannt und voller Hoffnung an. Als ich den Hörer auflegte, sah sie an meinem Gesichtsausdruck, dass unser Unterfangen „suche einen neuen Mann" fehlgeschlagen war. Sie konnte diese Kleinbürgerlichkeit nicht verstehen, denn mit dem Verstehen hatte sie auch noch andere Schwierigkeiten, im wahrsten Sinne des Wortes. Ich überlegte, wie ich ihr helfen konnte.
Ich kenne bestimmt sehr viele Leute, aber die ganze Sache hatte auch einen gewaltigen Haken. Was wäre, wenn ... Einen Garantieschein bekommt niemand im Krankheitsfall. Was

wäre, wenn Joice gegen ihre Erkrankung erfolglos kämpfte und die ganze Sache vielleicht nicht überlebte? Was würde aus Rene werden, bei einem fremden Vater in einem fremden Land, mit vielen fremden Menschen? Sie sehen, es belastete mich auch, und mir tat auch die Kleine Leid. Also hieß es, nicht aufzugeben.

Ich traf Joice jetzt regelmäßig. Das durfte ihr unliebsamer Ehemann niemals wissen, denn sein Ziel war es, seine Frau loszuwerden, wo immer und wie immer es ging. Er machte sie bei allen Leuten in der Nachbarschaft madig und benutzte sie wie im modernen Sklavenzeitalter. Es tat mir weh, wie sie sich über die Gemeinheiten ärgerte, die Jürgen über sie verbreitete, denn sie hatte selbst genug eigene Probleme. Wir sahen uns öfters, meistens besuchte sie mich in der Klinik, um über einen genauen Zeitpunkt zu sprechen, und wir verabredeten uns an einem schönen, hochsommerlichen Maitag zum Kaffee. Es entging mir nicht, dass Joice etwas auf der Seele brannte, was sie mir unbedingt erzählen wollte. Irgendetwas war geschehen, und sie brauchte mal wieder meinen Rat. Sie erzählte mir von alten Hausbewohnern, die sehr freundlich zu ihr und Rene seien und erzählte mir noch, dass der alte Mann einen ledigen Sohn habe. Dabei sah ich ein Funkeln in ihren Augen, was mir als Menschenkennerin einiges verriet. Ich ahnte sofort, dass der Unbekannte ein Anwärter werden könnte. Joice beschrieb ihn als intelligenten Mann mit einem hübschen Lächeln und einem gutmütigen Blick. Er habe sie angelächelt und sie glaubte, er signalisierte ihr damit reges Interesse. Sie war wirklich eine faszinierende Frau, sie wirkte wie ein Model auf mich, ihr Gang war majestätisch und galant. Voller Heimlichkeit und dabei aufgeregt wie ein junges Mädchen vor dem ersten Rendezvous zog sie ein Notizbuch aus ihrer blauen Umhängetasche und stöberte darin. Sie zeigte mir eine Telefonnummer, es war nicht irgendeine

Nummer, es war die Nummer von Peter. So hieß er also, der Auserwählte.

Joice traute sich kaum mich zu fragen, aber bat mich dennoch, diesen Unbekannten anzurufen. Ich war bestürzt und sagte, dass ich es nicht machen könne. Was wollen sie einem fremden Mann sagen, wenn eine dritte Person ihn treffen möchte oder eigentlich ehrlich gesagt, noch mehr von ihm will. Ihr Blick wirkte flehend auf mich und wieder gab ich nach. Wir gingen zum Telefon, und ich wählte mit riesigem Herzklopfen die Nummer von Peter.

Es läutete jetzt schon das zwanzigste Mal, und ich musste vergebens auflegen. Ehrlich gesagt war ich froh. Was hätte ich nur sagen sollen? Was? Als Joice an diesem Tag ging, wirkte sie traurig. Sie bat mich, nochmals zu versuchen, Peter zu erreichen. Sie meinte, dass sie vor Aufregung nicht schlafen könne und wollte mich am nächsten Tag wieder in der Klinik besuchen, um das Ergebnis des Telefongespräches zu erfahren.

Es war später Abend und ich dachte an mein Versprechen. Ich griff zum Hörer und ließ das Telefon läuten und am anderen Ende ertönte ein leises: „Ja, Hallo". Mir stockte für kurze Zeit der Atem, ich fand meine Beherrschung wieder, stellte mich mit meinem Namen vor und sagte Peter, ich müsse ihm eine kleine Geschichte erzählen, damit er meinen Anruf verstehe. Er hörte mir gespannt zu, und ich war richtig froh, denn es hätte ja auch ganz anders kommen können. Wie wäre es zum Beispiel gewesen, wenn er mich als unverschämte Person, die einen fremden Mann belästigt, beschimpft hätte? Wie hätte ich dann dagestanden? Zum Glück kam es ganz anders. Ich schilderte ihm andeutungsweise die familiäre Situation meiner neuen Freundin, erzählte aber nur ein wenig, denn wer will schon gerne mit der Tür ins Haus fallen? Peter hatte über seinen Vater wohl auch schon einen kleinen Einblick in die Ehekrise von Joice und Jürgen bekommen und verneinte meine Bitte, sich mit Joice zu treffen. Aber es begann das nächste Problem, denn Peter konnte kein Wort Englisch. Ich ahnte, es würde wieder einmal nicht ohne meine Hilfe funktionieren. Ich muss ehrlich sagen, es war ein sehr angenehmes Gespräch, das ungewöhnlich locker war. Peter machte auf mich einen ruhigen, aber nicht kontaktarmen Eindruck. Es war sogar dazu gekommen, dass er mir während unseres ersten Telefonates – und das muss man sich einmal vorstellen in unserer zugeknöpften Zeit – das „DU" anbot. Immerhin war er 53 und ich fast 40.

Er fragte, ob er mich kennen lernen dürfte, offenbar war ich ihm nicht unsympathisch. Ich als linientreuer Mensch klärte ihn gleich über meine glückliche Familiensituation auf, und ich glaube, darüber schien er nicht gerade froh zu sein. Trotzdem verabredeten wir ein mögliches Treffen und beließen es dabei, wieder zu telefonieren. Nie hatte ich gedacht, dass dies bereits am nächsten Tag der Fall sein sollte, als am Abend das Telefon läutete. Es war Peter und er sagte mir, dass er eine Nacht über das gestrige Gespräch geschlafen habe.

Mir schwante gleich der zerplatzte Traum von Joice, und ich hätte ihr diese Nachricht nicht überbringen wollen, aber Peter wollte wahrscheinlich nur mit mir sprechen.

Heute ist der 14.5.2003, und es ist mittlerweile fünf Tage her, dass ich Joice das letzte Mal traf. Es hat sich in dieser Zeit einiges ereignet, was ich Ihnen nicht vorenthalten möchte. Also fange ich mal der Reihe nach an:
Mein Auftrag war ja, Peter zu einem Treffen zu überreden, um den Weg für Joice zu ebnen. Peter rief mich zum wiederholten Mal an und bat vorab um ein Treffen mit mir. Er meinte, er wolle mir erst einmal seine Meinung zu einem etwaigen Verhältnis zwischen ihm und Joice klarmachen. Ich willigte in eine Unterhaltung ein. Da ich noch einen Weg auf dem nahe gelegenen Baumarkt zu erledigen hatte, sollte unser Treffpunkt in unmittelbarer Nähe sein. Ich muss Ihnen noch eine

Sache erzählen, die mir gar nicht aus dem Kopf ging, die mich zugleich in meiner weiblichen Intuition bestärkte. Als ich am Wochenende gemeinsamen mit meinem lieben Tilo auf unserer schönen Terrasse saß, um ein Sonnenbad zu genießen, kam an unserem Grundstück ein Mann vorbei, der nach zehn Minuten wieder vorbeikam, und irgendwie wurde ich den Gedanken nicht los, dass dieser Unbekannte Peter sein könnte. Es lässt sich nicht erklären, wie ich zu dieser Vermutung kam, aber ich sollte Recht behalten.

Als wir uns trafen, fragte mich Peter gleich am Anfang, wie denn mein Sonnenbad war. Mir ging ein Licht auf. Er war es also doch, er schlich um mein Haus und gab sich nicht zu erkennen. Glauben Sie mir, es ist ein eigenartiges Gefühl, wenn sie jemand kennt, den Sie nicht kennen und der Sie gleichzeitig beobachtet.

Ich war pünktlich, ich liebe die Pünktlichkeit, und er kam auch schon angefahren. Da ich ihn ja nicht kannte, fragte ich nach seinem Autotyp und seiner Autonummer.

Daran „erkannte" ich ihn. Er machte einen sympathischen Eindruck auf mich, wäre aber absolut niemals mein Typ gewesen. Ich sage mal ganz salopp, einfach zu alt für mich, aber passend für Joice, denn das war ja meine Mission. Sicherlich werden Sie sich jetzt fragen, ob das auch Peters Ansinnen war. Ich lasse offen, wie Sie die Frage beantworten würden.

Ich kaufte meine Blume im Baumarkt, denn ich hatte am Freitag vor, zum 80. Geburtstag zu gehen, und ich dachte, dass ein Blumentöpfchen wohl besser sei als Schnittblumen, zumal die Jubilarin es mit der Blumenpflege nicht ganz einfach hätte. Peter folgte mir, trug meinen Blumentopf, und ich muss ehrlich sagen, dass ich mich in meiner Haut nicht ganz wohl fühlte. Da lief ich mit einem fremden Mann und versuchte doch nur, ihm meine Freundin schmackhaft zu machen.

Wir sprachen über Gott und die Welt. Ich ließ nichts unversucht, ständig auf Joice zu sprechen zu kommen, doch dauernd kamen wir vom Thema ab.

Er erzählte mir von seinen zwei gescheiterten Ehen; schließlich erzählt ja keiner davon, welche Fehler er selbst gemacht hat. Komischerweise sind immer die anderen die fehlerhaften Geschöpfe.

Ehrlich gesagt, es interessierte mich nicht. Seinem Lächeln entnahm ich, dass es ihm Spaß machte, sich mit mir zu unterhalten. Um diese Sache nicht endlos in die Länge zu ziehen, verabschiedeten wir uns voneinander. Hätte ich ihn nicht drängend und zwingend nach seiner Meinung, was das Verhältnis angeht, gefragt, er hätte die Beantwortung dieser Frage sicher zum Anlass eines nächsten Treffens genutzt.

Ich als Frau der Tat, sprach nicht lange herum. Peter gab mir eine ehrliche Antwort. Er hätte aus verschiedenen Gründen nicht vor, sich fest mit Joice zu binden. Erstens wohnte sein Vater mit seiner Lebensgefährtin im Haus bei Joice, Peter im Nachbarhaus. Es hätte ihn weniger gestört, wie die Nachbarn das finden, aber er sah auch ein Problem mit Rene, der minderjährigen Tochter. Außerdem gefiel es ihm nicht, dass meine Freundin keine Arbeit hatte, kein deutsch sprach und obendrein noch krank war. Irgendwo verstehe ich Peter sogar, es wären viele Dinge gewesen, die nur ein ganz starker Mann bewältigen konnte und so kam er mir wahrlich nicht vor. Seine Meinung musste ich akzeptieren. Ich glaube getan zu haben, was in meiner Macht stand, doch wie sollte ich das Joice schonend beibringen? Sie hatte sich ja schon in Peter verliebt, sah in ihm den ledigen Mann, und eigentlich brauchte sie ja jemanden, der sie heiraten würde – wohlgemerkt nach der ersehnten Scheidung von ihrem Ehemann.

Nur durch eine Ehe konnte ihr befristetes Aufenthalts- und Arbeitsrecht verlängert werden.

Das ist ein bisschen viel verlangt, von einem normalen Durchschnittsmann.

Hinzu kommen die finanziellen Aspekte, die beim Normalverdiener nicht außen vorgelassen werden sollten.

Als ich Joice heute traf, schlürften wir einen Kaffee zusammen, und ich erzählte ihr von Peter. Sie wirkte nervös bei dem Namen und fragte gleich, ob es eine schlechte Nachricht gäbe. Sie hatte wohl auch viel weibliche Intuition.

Sicherlich hatte ich mich auf diesen Moment vorbereitet, aber ich hielt es für die beste Sache, ihr ehrlich Peters Meinung zu übermitteln. Sie wirkte schon enttäuscht, aber ich tröstete sie mit den Worten, lieber mit der Wahrheit zu leben als mit einem Traum im Kopf. Sie verstand mich gut und wirkte gelassener. Da ich mir vorgenommen hatte, noch meinen Einkauf zu machen, bot ich ihr gleich an, sie und Rene mitzunehmen. Beide freuten sich, denn sehr weit schienen sie mir noch nicht herumgekommen zu sein. Da Joice mit Geld sehr knapp gehalten wurde, wies ich sie auf die verschiedenen Preise hin. Das was sie gekauft hat, habe ich mir erlaubt zu bezahlen. Nicht etwa, um als Samariterin dazustehen, nein. Ich erinnerte mich noch gut daran, als der Westbesuch zu DDR-Zeiten immer zu Pfingsten und Ostern kam. Wie sehr haben wir uns gefreut, wenn es kleine Geschenke aus dem Intershop gab, die wir mit unserer Blechtalerwährung niemals hätten kaufen können. So etwas darf man nie vergessen und auch niemals die Tatsache, wo man herkommt. Jemandem eine Freude zu machen, ist für mich Ehrensache, speziell in diesem besonderen Fall.

Joice und Rene bedankten sich vielmals, sie wollten es nicht annehmen. Ich freute mich für sie mit.

Ich fuhr sie noch nach Hause, weil ihre „Ausgangzeit" längst überschritten war. Wir verabschiedeten uns, und ich hatte das Gefühl, eine gute Tat vollbracht zu haben.

Joice – und es geht immer wieder weiter ...

Es tut mir Leid, aber meine lieben Leser, ich muss schon wieder ein Sprichwort benutzen. Nämlich dieses:„Erstens kommt es anders und zweitens, als man denkt".
Am letzten Mittwoch traf ich meine Freundin und am Freitag bereits wieder. Als sie mich am Donnerstag zu Hause aufsuchte, brauchte sie einmal mehr meine Hilfe, aber leider war ich nicht zu erreichen. Glücklicherweise war Nils da, den sie ja bereits kennen gelernt hatte.
Sie gab ihm zwei südafrikanische frisch gedruckte Pässe, und zwar den ihrer Tochter Rene und ihren eigenen. Dazu reichte sie meinem Sohn unausgefüllte Formulare vom Jugendamt, die gleichzeitig einen Antrag auf Unterstützung für das 11-jährige Kind sein sollten. Nils hatte verstanden, dass ich diese Anträge ausfüllen sollte und dass Joice einen Tag später zum Abholen vorbeikommen wollte.
So machte ich mich am späten Abend daran, den Papierkram auszufüllen. Mir fehlten zwar Angaben, aber ich bemühte mich, alles zu ihrer Zufriedenheit zu tun.
Es ist schon echt bescheiden, dass sie Formulare ausfüllen sollte, deren Inhalt Joice nicht verstand. Dass sie auf meine Hilfe angewiesen war, lag auf der Hand.
Am Freitag kam sie, und ich hatte vorher versucht, Kontakt mit der Ausländerbehörde aufzunehmen, um ihre Chancen hierzubleiben, abzuchecken.
Dieser Weg war sinnlos. Außer dem üblichen Gerede kam nichts Nützliches an Informationen heraus, nur eine Telefonnummer vom nächstgelegenen Frauenhaus. Da ich mir davon etwas mehr Hilfe versprach, nahm ich meinen Mut zusammen und rief dort an. Eine sympathische Stimme am anderen Ende der Leitung, die auffällig nicht unseren sächsischen Dialekt sprach, antwortete recht anonym. Ich vergewisserte

mich, die richtige Nummer gewählt zu haben, und nachdem ich mir sicher war, schilderte ich Joices Probleme. Die Dame wirkte freundlich, aber gleichzeitig sehr resolut auf mich und meinte, Joice müsse sofort kommen.

Ich machte ihr klar, dass ich sie, um ihr nicht noch mehr Schwierigkeiten zu machen, kaum über ihren unangenehmen Ehemann erreichen könne. Außerdem wollte ich sie auch nicht überfahren mit dem Gedanken, wegzugehen – eigentlich in die blanke Ungewissheit. Sicher, das Wort Frauenschutzhaus war ihr nicht fremd, aber ihr Mann hatte es sehr gut verstanden, ihr selbiges Schutzhaus in den schwärzesten Farben dieser Welt darzustellen. Er machte sie glaubend, dass dort eine Mischung aus Prostituierten und schlechten Menschen sei, die in einem dunklen schmutzigen Loch wohnten, wo sich niemand, aber auch niemand um diese Leute kümmerte.

Als ich mit Joice darüber sprach, willigte sie sofort ein, einen festen Termin für ihren dortigen Einzug zu machen. Sie zeigte mir einen großen blauen Fleck am rechten Unterschenkel. Auf meine Frage, wie es dazu gekommen sei, erzählte sie mir von einer weiteren tätlichen Auseinandersetzung mit ihrem Mann, weil er ihre Tochter als Bastard beschimpft hatte und ihr aus Wassersspargründen das Haarewaschen nicht erlaubt hatte. Was musste das für ein Mensch sein, der sich eine Frau wie eine Sklavin hielt und das in der heutigen modernen Zeit! Sie war gut genug, seine Wünsche zu erfüllen, gut genug sauber zu machen und Essen zu kochen, und sie war auch noch gut genug, sein Abtreter zu sein.

Für mich stand fest, ich musste ihr helfen.

Die nette Dame vom Frauenhaus hatte mich auch darüber aufgeklärt, dass eine Mitarbeiterin alle behördlichen Wege mit den Frauen geht, ihnen bei der Antragstellung der verschiedensten Formulare hilft. Ich war richtig froh, denn mir fehlte einfach die Zeit. Die meisten Ämter in unserer kleinen Stadt hatten nur dienstags lange geöffnet, und das ging bei mir aus dienstlichen Gründen kaum.

Ich berichtete Joice alles, was ich in Erfahrung bringen konnte, und sie war so froh. Sie kommentierte alles mit den Worten, dass heute ihr bester Tag sei, seitdem sie in Deutschland war. Sicher war sie auch im Ungewissen, nach all diesen Dingen, die ihr Mann gesagt hatte. Aber sie meinte, schlimmer könne es wohl nicht mehr kommen. Wir machten einen Treffpunkt aus, und der sollte am Sonntag 13 Uhr sein.

Ich musste mit vollem Nachdruck auf Pünktlichkeit bestehen, denn einmal hatte sie sich zu einer verabredeten Zeit reichlich verspätet. Aber vielleicht liegt es auch an der Mentalität, die es mit der Pünktlichkeit nicht ganz so genau nimmt.

Wir machten aus, dass ich 12.15 Uhr bereit stehe, um an einem heimlichen Ort unentdeckt zu bleiben und ihr Gepäck einladen würde. Ich riet ihr, das Wichtigste zu packen, an die Schulsachen von Rene zu denken und vor allem an die Pässe. Joice versprach mir, zuverlässig zu sein.

Sie wollte ihrem Mann noch ein Mittagessen kochen, gemeinsam mit ihm zu Mittag essen und danach seine Gewohnheit, sich zum Mittagsschlaf zu betten, ausnutzen und abzuhauen. Ich muss Ihnen ehrlich sagen, dass das, was ich fühlte, unbeschreiblich war. Mir klopfte das Herz bis zum Hals. Wie wäre es gewesen, wenn der Verrückte mit herunter gekommen wäre, um mir Prügel anzubieten? Schließlich wirkte er auf mich ziemlich unberechenbar.

Immer wieder schaute ich zur Autouhr. Der Zeiger zeigte 15, 18, 21 nach 13 Uhr. Ich wurde nervös, es begann in Strömen zu regnen, und ich wusste nicht, was ich tun sollte. Schließlich wollte ich Joice helfen und sie nicht noch mehr mit Problemen belasten. Also klingeln konnte ich nicht.

Ich bekam plötzlich, wenn auch nur annähernd das Gefühl, wie sich Menschen fühlen könnten, die auf der Flucht sind und um ihr Leben bangen müssen. Was sollte ich nur tun? Ich kam mir hilflos vor.

Endlich kam Rene um die Ecke. Ich konnte kaum glauben, was ich sah. Dieses kleine zarte Geschöpf trug oder besser gesagt schleifte Taschen, die wirklich nicht ihre Gewichtsklasse waren. Ich konnte ihr nicht einmal helfend entgegengehen, denn die Gefahr, vom Tyrannen gesehen zu werden, war einfach zu groß. Unsere Aktion mutete wie eine Auswanderung an. Mit soviel Gepäck hätte ich nie gerechnet. Was hatte Joice alles eingepackt? Ich hatte ja schließlich keinen Lastwagen! Nach und nach, in einem Affentempo, schleppten die beiden alles an, was mitgenommen werden sollte. Sicherlich ist es im Nachhinein sehr verständlich für mich: Was man hat, hat man. Was man bekommt, weiß man nicht. Schließlich kamen sie aus armen Verhältnissen, und wer opfert da etwas, was erstanden war, egal woher es kam?

Rene saß hinten, Joice saß neben mir und zitterte vor Aufregung am ganzen Körper. Sie war fix und fertig, schließlich hatte sie in der Nacht, als er fest schlief, die ganzen Taschen gepackt. Man darf nicht vergessen, dass sie krebskrank ist, fast täglich bestrahlt wird und ihre Operation keine acht Wochen her war.

Woher nahm diese Frau soviel Kraft?

Sie sagte mir auch, dass sie sich schon oft bei ihrer Tochter entschuldigt hat wegen der entgleisten Situation mit diesem Mann. Rene tröstete sie und meinte, dass ihre Mutter daran keine Schuld habe. Ich glaube, ihrem Kind nicht noch länger diesen Mann zumuten zu müssen, gab ihr auch Kraft, diesen Schritt zu tun.

Als wir losfuhren, schauten sich beide ständig um. Sie hatten einfach nur Angst. Angst, von ihm verfolgt zu werden. Mit großer Genauigkeit beschrieben sie mir seinen Wagen, auf den ich ständig achten sollte. So fuhr ich einen kleinen Umweg, er hätte uns nie finden können.

Endlich waren wir an unserem Ziel! Welche Gefühle gingen wohl meinen beiden Mitinsassinen durch den Kopf? Wohin ging die Reise? Schließlich hatten sie nichts zu verlieren. Zu Hause hatte ich mir Gedanken gemacht, welche wichtigen Fragen beantwortet werden mussten. Ich besprach alles nochmals mit Joice, und sicher hatte sie jetzt ganz andere Gedanken in ihrem Kopf.

Wir trafen die nette Dame, die schätzungsweise Mitte vierzig war. Ich hatte einen ersten positiven Eindruck von ihr.

Wir arbeiteten meinen Spickzettel mit den vielen Fragen ab. Ich sprach leise, so dass Joice nicht hören konnte, dass man auch daran denken müsse, für Rene einen Vormund zu bestimmen. Was wäre, wenn Joice den Kampf gegen ihre Krankheit nicht gewinnen würde? In der Medizin gab es nirgendwo auf der Welt einen Garantieschein, weder für Arme noch für Reiche. Das ist vielleicht die einzige Gerechtigkeit überhaupt auf der Welt.

Die Zeit war gekommen, Abschied zu nehmen. Bei Rene hatte ich das Gefühl, dass sie in ihrer unbeschwerten, leichten Kinderart kein Problem damit hatte, Tschüs zu sagen. Sie winkte mir zu und stieg ein. Joice hingegen wurde von einem Weinkrampf geschüttelt. Sicherlich lagen ihre Nerven auch blank. Was hatte sie alles in der letzten Zeit über sich ergehen lassen müssen? Sie drückte mich, und man hatte das Gefühl, als wolle sie mich nie mehr loslassen.

Die freundliche Frau gab Joice zu verstehen, dass ich nicht zu Besuch kommen dürfe, dass sie aber jederzeit hinausgehen könne, um mich zu treffen.

Wir weinten beide wie kleine Kinder, deren Trennung unabänderlich ist.

Wir winkten uns noch lange zu, bis unsere Autos in unterschiedliche Richtungen fuhren.

In Gedanken bin ich bei ihr, und ich hoffe und wünsche mir, dass es ihnen beiden gut geht!

Gestern rief mich Joice drei Mal an. Einmal war ich noch nicht zu Hause, aber sie hatte Nils in deutscher Sprache ausgerichtet, dass sie wieder anrufen wolle.

Daraus schloss ich, dass es etwas Wichtiges sein musste. Außerdem freute es mich sehr, dass sie sich bemühte, deutsch zu sprechen.

Als es klingelte und ich abnahm, war sie dran.

Sie schien mir aufgeregt zu sein, denn bereits per SMS hatte sie mich wissen lassen, dass sie gestern mit jemandem zum Kaffeetrinken verabredet gewesen war. Im gleichen Zusammenhang fragte sie mich nach ihrem Nochmann Jürgen und ob ich Neuigkeiten über ihn wusste.

Ich konnte mich des Verdachtes nicht erwehren, dass der Kaffeeklatsch doch nicht etwa mit diesem Esel stattfinden sollte. Aber ich hatte sie missverstanden, was für ein Glück!

Sie erzählte mir mit der Aufregung eines Teenagers vor seinem ersten Rendezvous, dass sie einen Mann kennen gelernt habe. Er sei bei einer Krankenkasse oder einer Versicherung angestellt. Auf meine zugegebenermaßen neugierige Frage, wo sie ihn kennen gelernt hat, sagte sie beim Einkaufen.

Nun frage ich Sie, meine lieben Leser, kann man beim Einkaufen jemanden kennen lernen? Ich fand das suspekt. Allerdings kam mir in den Sinn, wie Joice es wohl angestellt haben könnte. Sie wusste genau, worum es ging.

Der Termin der Ausweisung. Aber schön der Reihe nach.

Sie redete viel, und ständig war das Gespräch weg, weil sie offenbar nicht genug Geld in den Münzer geworfen hatte.

Heute kam sie auf Arbeit. Gestern wirkte sie noch jung verliebt auf mich, heute schien sie so aufgelöst und durcheinander. Der Grund dafür war ein anderer. Sie war mit ihrer Scheckkarte bei ihrer Bank, um Geld zu holen. Viel hatte sie nicht zur Verfügung, denn das Sozialamt zahlte ihr 75 Euro in der Woche plus Kindergeld. Ich finde, dass es viel zu wenig war, zumal sie davon Essen und Schulmaterialien für Rene und deren Buskarte bezahlen musste. Aber das Problem war, dass das Sozialamt noch nicht überwiesen hatte. Nun stand sie kopflos, mit zittrigen Händen da und hatte keinen Knopf in der Tasche. Eine unschöne Situation für sie. Sie bat mich um Hilfe, einfacher gesagt um Geld. Ich dachte daran, ihr nicht den Betrag vorzuschlagen, den ich ihr leihen konnte, sie sollte mir einen Vorschlag machen. Ich bemerkte gleich, dass es ihr schwerfiel, mich um Geld zu bitten, aber sie sollte die Summe nennen. Sie tat es schweren Herzens, und ich lieh ihr 50 Euro. Soviel hatte ich an Bargeld dabei. Sie versprach mir, am Montag ihre Schulden zu bezahlen.

Sie erzählte mir, dass sie mit dem großen Unbekannten, dessen Name Erik war, gestern einen wunderschönen Tag in unserer Landeshauptstadt Dresden verbracht habe.

Er hätte ihr viel gezeigt, sie ins Restaurant eingeladen und ich glaube, dass gefiel ihr sehr. Sie erzählte mir allerdings auch, dass er sie gleich bei ihrem ersten Treffen bei der Hand genommen und sie in aller Öffentlichkeit geküsst habe.

Ich glaube, ihr ging das alles viel zu schnell. Nun war einmal mehr mein Rat gefragt. Ich sollte ihn kennen lernen und einschätzen. Irgendwie hatten wir das doch schon einmal mit Peter, vielleicht erinnern Sie sich noch.

Sie hatte ihm von mir erzählt, ihrer besten Freundin, die ihr immer mit Rat und Tat zur Seite stand, wenn Not am Mann war.

Erik hatte für morgen einen Schiffsausflug mit Joice geplant, der bis in die Nacht gehen sollte.

Natürlich fragte sie mich auch danach, was wäre, wenn der angeblich vor langer Zeit geschiedene Mann Sex von ihr wollte? Sie jedenfalls wollte es nicht, so beteuerte sie mir gegenüber. Also riet ich ihr, es ihm eindeutig zu verstehen zu geben, wenn es zu dieser Situation kommen sollte.

Ich persönlich hätte es auch für viel zu früh gehalten, mit einem in die Kiste zu springen, den ich erst das zweite Mal gesehen habe.

Was mir nicht gefiel, war die Tatsache, dass sie ihm verschwieg, wie es um ihre Gesundheit stand. Sollte es zu einem Treffen zwischen ihm und mir kommen, sollte ich es ihm gegenüber nicht erwähnen.

Da war sie wieder, die Unehrlichkeit. Sollte man etwas verheimlichen, nur um an sein Ziel zu kommen? Heiligt der Zweck jedes Mittel?

Ich konnte sie nicht verstehen und sagte es ihr auch prompt. Sie meinte, sie wolle es ihm später sagen. Denn spätestens, wenn er sie nackt sehen würde, war alles klar.

Man sah die Narben der Operation und die Folgen der Bestrahlung. Das Umgebungsgewebe war farblich verändert und sah aus wie nach einem schweren Sonnenbrand.

Joice hatte Herzklopfen und war nervös. Offenbar überforderte sie diese Situation. Endlich hatte sie jemanden kennen gelernt und ausgerechnet dieser Mann, von dem sie fast nichts wusste, beeilte sich sehr damit, ihr näher zu kommen.. Das war wohl wirklich zu schnell und zu viel für sie.

Wir alle dürfen gespannt sein, wie es weitergeht, denn ich werde sie am Montag treffen.

Joice heute

Der Montag kam und mich beschlich am Wochenende der Gedanke, was wäre, wenn ich mein Geld nicht wiederbekäme. Sie müssen verstehen, dass 50 Euro auch für mich viel Geld ist. Aber ich glaube stets an das Gute im Menschen. Leider hatte mich dieses Gefühl schon so oft getäuscht, und irgendwann sollte ja jeder Mensch einmal schlau werden, aber mein Vertrauen in Joice sollte nicht enttäuscht werden. Mir gingen Gedanken durch den Kopf, wie der geplante Schiffsausflug verlaufen ist. Wie hat sich dieser ominöse Erik verhalten? Hoffentlich kam es zu keiner Überrumpelung. Fragen über Fragen und ich hoffte, am Montag darauf eine Antwort zu bekommen.

Vielleicht war er ja auch nur ein Blender, ein Charmeur, der mit einer Farbigen vor anderen angeben wollte?

Der Montag kam und meine Kollegen sagten mir, dass jemand da sei, der mich sprechen wolle. Ich wusste gleich Bescheid. Es war ein stressiger Montag, die Aufarbeitung vom Wochenende verlangte eine optimale Koordination meines Arbeitsplatzes. Da ich dies im Griff hatte, konnte ich mir fünf Minuten Zeit nehmen, um im Eiltempo das Wichtigste mit Joice zu besprechen.

Zuerst gab sie mir mit bestem Dank mein Geld zurück, und ich war ehrlich gesagt, sehr beruhigt.

Sie erzählte mir, dass der geplante Ausflug ausgefallen sei. Was in aller Welt war passiert? Hatte sich ihr Schwarm falsch verhalten? Ihr ging alles zu schnell, sie fühlte sich in eine Schiene gepresst, auf der sie nicht fahren wollte. Er wollte alles, sie brauchte Zeit. Immerhin ging es hier nicht nur um sie, nein da war ja auch noch Rene.

Per SMS hatte er die Absage erhalten, die er – verzeihen Sie mir bitte den Ausdruck – als notgeiler Mann, nicht akzeptieren konnte. Sie meinte auch, dass er schon Andeutungen gemacht habe, mit ihr ins Bett zu wollen.

Also hatte ich Recht. Ein Mann, er war so ein Durchschnittstyp, der nur das eine wollte. Vielleicht war sie auch zu enttäuscht darüber gewesen, dass er es nicht ehrlich meinte. In ihrem Herzen fühlte sie, dass er bestimmt verheiratet war und nur seinen Spaß wollte. Sie hatte sich richtig verhalten, sich Zeit auszubitten, denn ihre Kraft brauchte sie für Wichtigeres. Als endlich der stressige Montag auf meiner Arbeit zu Ende ging, freute ich mich auf mein Zuhause. Das war der Platz, an dem ich neue Kraft tanken konnte, wenn ich meine Reserven sowohl körperlicher als auch geistiger Art auf der Arbeit lassen musste. Hier fand ich meinen Ausgleich, mein schönes Haus war der richtige Platz für mich.

Ich schwang mich auf mein Fahrrad und düste heim. Sicherlich hatte ich den kürzesten Heimweg, den man mit dem Rad haben kann. In zwei Minuten bin ich da, heimwärts brauche ich sechs Minuten, weil ich einen Berg hinaufradeln muss. Während des Fahrens relaxe ich, genieße die Luft und beobachte alles. Leider ist ja auf der Arbeit kein Fenster, so bin ich jedes Mal aufs Neue überrascht, wie das Wetter bei Feierabend ist.

Kurz vor der Haustür sehe ich zwei Personen auf meiner Eingangstreppe sitzen und beim Näherkommen entdecke ich meine beiden südafrikanischen Freunde.

Die Mutter war nervös, unsicher und aufgeregt zugleich, Rene machte einen fröhlichen kindlichen Eindruck auf mich.

An diesem Tag hatte ich mich ausgerechnet mit meinen Eltern zum Kaffee verabredet, weil eine liebe Kollegin mir frische Erdbeeren gebracht hatte, aus der ich am Vortag eine köstliche Erdbeertorte gezaubert hatte.

Meine Nachmittagsplanung wurde also über den Haufen geworfen.

Ich sagte zu Joice, dass sie es mir doch in der Klinik hätte sagen können, dass sie kommen wollten. Da hätte ich mich anders einrichten können. Aber ihr Besuch war ungeplant, aus anderer Ursache. Sie waren als Schwarzfahrer mit dem Zug hergekommen, und als ich an ihre finanzielle Lage dachte, klärte ich sie erst einmal über die Strafgelder bei solch einer Handlung auf.

Sie hatte zwei Briefe in der Hand, deren Inhalt sie natürlich nicht verstand. Sicherlich ahnte sie, dass es nichts Gutes sein würde, sie sollte Recht haben. Der Absender war der Anwalt ihres Nochmannes. In dem Schreiben teilte er ihr mit, dass sein Mandant die Eheschließung annullieren wolle, weil er zum Zeitpunkt der Hochzeit geistig nicht zurechnungsfähig gewesen sei. Leider kommt hinzu, dass sich Jürgen ja wirklich in neurologischer Behandlung befand. Sein Arzt wollte ihn schon länger zu einer halbjährigen Therapie schicken. Dass das Ganze so raffiniert eingefädelt wurde, verschlug mir fast die Sprache. Dieser Mistkerl, der eine billige schwarze Putzfrau mitbrachte und sie ausnutzte , verhielt sich jetzt taktisch klug. Wenn es nämlich zur Annullierung kommen würde, wäre Joice schneller wieder in Südafrika, als es ihre Aufenthaltserlaubnis vorsah.

Sie flehte mich an, mich um eine Übersetzung zu bemühen, was mir bei solchem Amtsdeutsch auch nicht gerade leichtfällt. Ohne etwas schönzureden, machte ich ihr den Ernst der Lage klar. Sie ahnte es und bat mich um Rat. Was sollte sie tun, was konnte sie tun? Eigentlich nichts, als abzuwarten. Sie musste Geduld haben, ob er mit seinem Plan durchkam. Sie war kopflos.

Wir sprachen miteinander, und sie beruhigte sich ein wenig. Da wir gerade bei einem so ernsten Thema waren, fragte ich sie auch gleich noch, ob sie eigentlich noch weitere Kinder habe. Die Taxifahrerin hatte mir davon erzählt.

Mit einer grenzenlosen Selbstverständlichkeit nannte sie zwei Mädchennamen. Die eine war 25 und studierte, die andere

Tochter war 22 Jahre alt und sozial ganz weit unten. Warum hatte sie nie darüber gesprochen? Warum verschwieg sie mir wichtige Details aus ihrem Leben? Ja, da fehlte es wieder, das wichtigste Gewürz für ein gutes Rezept einer Freundschaft – die Ehrlichkeit.

Eigentlich verzeihe ich Joice, denn sie hat nur ein Ziel vor den Augen, was es zu verwirklichen gilt: das Beste für Rene. Sie hat keine Alternative, denn in ihr Heimatland zurückzukehren, wäre wahrscheinlich viel schlimmer. Dort wartet einfach nichts auf sie. Ich brachte beide zum Zug und ermahnte sie, an die Fahrkarte zu denken. Wir verabschiedeten uns und winkten und zu. Fünf Tage sind seitdem vergangen, und ich hoffe, dass es beiden gut geht.

Am Dienstag hatte ich Nachtdienst. Es war kein angenehmer Dienst. Ich hatte bis spät in die Nacht zu tun, obwohl wir zwölf Stunden Bereitschaft haben und diese Zeit eigentlich theoretisch zum Ausruhen gedacht ist. Mein Beruf bietet mir auch nachts die Möglichkeit, die ganze Untersuchungspalette auszuschöpfen, da gibt es keine Grenzen.

Also schlich ich am Mittwoch ziemlich müde nach Hause und war am Abend sichtlich geschafft. Ich freute mich auf mein Bett, um endlich schlafen zu können und Kraft zu tanken.

Sicher werden Sie sich jetzt fragen, meine verehrten Leser, was diese Zeilen mit Joice zu tun haben. Ich werde Sie in den nächsten Sätzen darüber aufklären.

Es war für mich schon richtig spät, zirka 22.00 Uhr, und ich dachte schon an meine süßen Träume. Ich liebe schöne Träume, als mein Telefon klingelte. Am anderen Ende war Peter. Sie erinnern sich noch? Der heimliche Traum von Joice aus dem Nachbarhaus.

Ich war ehrlich gesagt sauer, als er anrief, weil ich müde war. Gut, er konnte das nicht ahnen, aber trotzdem fand ich es vermessen, um diese Zeit noch zu stören.

Er erzählte und erzählte, mir war langweilig. Ich wusste nicht, was das sollte. Er meinte, er habe einen schönen Radausflug gemacht, betonte, dass er diesen leider alleine machen musste und dabei hätte ihn der Trip rein zufällig an meinem Haus vorbeigeführt. Was für ein Zufall! Ha, ha ,ha ... Er beschrieb, dass die Pumpe unseres Swimmingpools mit voller Leistung lief und es ja bei diesen hochsommerlichen Temperaturen ein pures Vergnügen sein müsse, wenn man über solchen Luxus verfügen würde. Was wollte er von mir? Natürlich war mir klar, was es war, aber ich wollte es nicht verstehen.

Auch fand ich seine Frage, was Tilo machte und ob ich ihn vermissen würde, total bescheuert.

Was ging diesen für mich alten Mann das denn an?

Eines war klar, er hatte ein Auge oder besser gesagt zwei Augen auf mich geworfen. Also hieß es für mich, in die Offensive zu gehen und ihm letztmalig klar zu machen, dass da nie etwas laufen könnte oder würde.

Ich halte da auch nicht gern hinterm Berg. Sicher hatte er bemerken müssen, dass ich unser Gespräch in eine andere Richtung lenken wollte. Nein, er ließ sich auf meine Fragen, wie es Joices Ehemann ging, nicht ein.

Er erwähnte nur beiläufig, dass besagter Mensch jetzt alles alleine machen müsse. Ich war wirklich müde, auch hatte ich keine Lust mehr, mir meinen kostbaren Nachtschlaf stehlen zu lassen und ich riet ihm, es einmal mit einer Annonce zu versuchen. Als Trostpreis gab ich ihm zu verstehen, dass ich doch auch das riesige Glück gehabt hätte.

Endlich legte ich auf, und ich wollte nicht mehr an Peter denken.

Meine lieben Leser, wie Sie sehen können, lässt mich dieses Thema einfach nicht los.

In der Zwischenzeit hat sich Josephine sichtlich gut im Frauenhaus eingelebt Es sind jetzt bestimmt vier Wochen vergangen, in denen wir nur telephonischen Kontakt hatten bzw. war sie einmal bei mir auf der Arbeit. Leider hatte ich dort wenig Zeit für Gespräche, weil ich sehr beschäftigt war. Wir sahen uns aber und versicherten einander, dass es uns gut ging.

Hinter ihr liegen zahlreiche Behördengänge, die glücklicherweise von einer Mitarbeiterin des Frauenhauses begleitet wurden. Alleine hätte sie das auf Grund der Sprachbarriere niemals geschafft. In meiner Kraft lag es auch nicht, weil mir einfach die nötige Zeit fehlte, um ihr dabei mit Rat und Tat zur Seite zu stehen.

Ich war einfach auch froh, denn diese Mitarbeiterinnen sind im Umgang mit Behörden in Ausländerrecht sicherlich sehr versiert.

Eines Abends klingelte das Telefon. Am anderen Ende der Leitung war die Taxifahrerin, die Joice jeden Tag an einem vereinbarten Treffpunkt zur Strahlentherapie abholte und hinfuhr. Ich kenne diese Frau auch gut, sie macht einen herzhaft erfrischenden, sehr direkten Eindruck auf mich.

Sie berichtete mir, dass Joice ihrer Meinung nach unehrlich sei und um jeden Preis hierbleiben wolle. Sie redete viel, auch über den unangenehmen Ehemann, der bereits zum vierten Mal verheiratet war. In der Wohngegend, in der alle drei wohnten, prahlte er von seinem Südafrikaurlaub mit den Worten, dass er sich eine billige Schwarze zum Putzen mitbringen wollte. Es ist kaum möglich, dass ein normaler Mensch zu solchen Äußerungen im Stande ist; er war es jedenfalls.

Joice hatte einen Ehemann in Südafrika, der Österreicher war. Mir erzählte sie, dass er bei einer Schießerei in einer Bäckerei umgekommen sei. Er war nicht der Vater von Rene. Mir kam das etwas merkwürdig vor, ich wollte aber nicht indiskret sein und nachhaken – einfach eine komische Geschichte.

Ich wusste, dass Joice eine Schwester und einen Bruder hatte. Zum Bruder bestand aus unerklärlichen Gründen kein Kontakt, die Schwester sei sehr familienorientiert.

Diese Geschichte kannte ich. Die Taxifahrerin wusste von sechs Geschwistern, die alle sehr arm und Alkoholiker seien. Ihre Eltern waren bereits beide tot.

Als nächstes lag vor einiger Zeit Rene bei uns im Krankenhaus. Es war keine schlimme Sache. Das Problem war wohl ein psychisches, kein Wunder bei diesen häuslichen Verhältnissen. Mir fiel auf, dass ihr Familienname nicht der ihrer Mutter war. Er hörte sich für mich russisch an. Als ich Joice danach fragte, betonte sie den Namen englisch, und ich nahm es als gegeben hin. Aber auch das sollte nicht stimmen.

Als mich nämlich eine Mitarbeiterin vom Frauenhaus anrief, berichtete sie mir davon, dass Joice auf dem Jugendamt den Vater von Rene angeben musste bzw. dessen Nationalität. Dabei sagte sie mir klipp und klar, dass Renes Vater ein Russe war.

Warum hatte Joice mir das verheimlicht? Schämte sie sich ihrer Vergangenheit?

Ich dachte immer, dass die besten Voraussetzungen für eine Freundschaft Ehrlichkeit und Vertrauen waren, aber offenbar mochte sie diese Gewürze nicht besonders. Inzwischen hatte ich schon unter meinen Kolleginnen Kleider für Rene zusammengetragen, um sie ihr zu schenken, aber ehrlich gesagt, war ich ein bisschen enttäuscht.

Ich hatte wirklich viel für Joice getan, habe es auch sehr gern gemacht, aber warum war sie mir gegenüber nicht ehrlich gewesen?

Heute schickten wir uns per Handy einige Nachrichten, und sie schrieb mir, dass es ihr Leid tun würde, wie sehr sie mich mit ihren Problemen belästigt hatte. Es ging ihr gut. Sie hofft auf eine Kur. Jeder Patient, der an so einer Erkrankung leidet, hat sicherlich auch eine Kur dringend nötig. Ich aber wusste auch den anderen Grund, warum Joice unbedingt zu einer Kur fahren wollte.

Sie hoffte dort, einen neuen Mann zu finden, der sie hoffentlich heiraten würde, um nicht ausgewiesen zu werden.

Rene sollte für diesen Zeitraum in ein Kinderheim kommen. Als ich mit meiner Nachbarin darüber sprach, waren wir uns einig, dass wir Rene aufnehmen würden.

Ich selber bin gespannt, wie diese Begebenheit weitergeht. Und sie geht weiter.

Schließlich und endlich muss meine Geschichte ja weitergehen, obwohl ich ehrlich gesagt schon die dumme Befürchtung hatte, es könnte ein jähes Ende geben.
Aber der Reihe nach:
Seit ich das letzte Mal von Joice hörte, sind sicherlich drei Monate ins Land gegangen. Ich habe mich auf die unterschiedlichste Art und Weise bemüht, sie zu erreichen, es wollte mir einfach nicht gelingen.
Nach unzähligen SMS per Handy und vergeblichen Anrufen im Frauenhaus beschlich mich der Gedanke, dass sie vielleicht schon wieder in Südafrika sein könnte.
Schließlich war es das einzige Sinnen und Trachten ihres Nochehemannes, sie loszuwerden, egal auf welche Art und Weise.
Jedes Mittel schien ihm recht zu sein und sei es noch so illegal.
Hauptsache, er muss keinen Cent für sie und Rene zahlen.
Mir gingen Bilder durch den Kopf, wie beide ohne finanzielle Mittel ihr Leben in ihrer alten Heimat meistern würden.
Aber zum Glück kam es ganz anders.
Eines Abends erhielt ich, man glaubt es kaum, eine SMS von Joice. Ich rief gleich zurück, die Freude über unser Wiederhören war groß. Wir schritten zur Tat und verabredeten uns umgehend.
Ich freute mich schon darauf. Natürlich war ich auch sehr gespannt, wie es ihr zwischenzeitlich ergangen war, was beide machten und welche Neuigkeiten es gab.
Der Tag kam und ich fuhr mit tausend Fragen im Kopf Richtung Frauenhaus.

Mir war klar, dass sie nicht noch mehr Probleme brauchte, als sie schon hatte, und mir war auch klar, dass wir uns nur in unmittelbarer Nähe treffen durften.

Mit majestätischem Gang, gekleidet wie eine Puppe, kam Joice angeschwebt. Ich übertreibe wirklich nicht, sie sah hinreißend aus.

Wir beide stürzten wie zwei lang voneinander getrennte Geschwister aufeinander los und umarmten uns herzlich.

Das war eine Wiedersehensfreude!

Wir setzten uns in mein Auto, und jeder redete und fragte auf den anderen ein, so dass wir erst einmal nacheinander plappern mussten.

Schnell bemerkte ich, dass sie sich inzwischen mit unserer Muttersprache angefreundet hatte, und es klang süß, wie sie in einer Art Kauderwelsch sprach.

Zuerst zog meine südafrikanische Freundin einen Pokal aus einem Plastikbeutel. Voller Stolz und meiner Meinung nach zu Recht, glänzte sie mit einer Trophäe, die Rene im Schulsport gewonnen hatte. Sie war in dem 2. Schulhalbjahr, welches sie in Deutschland absolviert hatte, Schulmeisterin geworden. Was für eine Leistung.

Ihr Name war eingraviert und stand mit den Gewinnern der zwei vorangegangenen Schuljahre geschrieben. Sie war so stolz auf ihr Mädchen, und ich freute mich mit den beiden.

Rene ging es gut. In der Schule hatte sie gute Ergebnisse erzielt, und trotz der Sprachprobleme hatte sie ein gutes Zeugnis geschafft. Gesundheitlich war sie auch wohlauf und vielleicht auch nervlich etwas zur Ruhe gekommen. Sicherlich ist der Stress mit ihrem Stiefvater nicht spurlos an ihr vorbeigegangen, denn Joice erzählte mir von mehreren Sitzungen beim Jugendpsychologen. Ist das ein Wunder?

Besonders interessierte mich natürlich auch Joices Gesundheitszustand. Sie berichtete mir, dass noch eine Abschlussuntersuchung beim Professor anstand, sie sich aber gut fühlte.

Die Narben waren inzwischen gut geheilt und wahrscheinlich auch die, die Jürgen auf ihrer Seele hinterlassen hatte. Denn es gab einen neuen Mann in ihrem Leben. Bei diesen Worten funkelten ihre schwarzen schönen Knopfaugen besonders, und ich merkte, es war etwas Ernstes.

Er, der große Unbekannte, war aus bescheidenen Verhältnissen, hatte ein Haus und arbeitete als Tischler. Auf meine Frage, was ihn so sympathisch und angenehm für sie machte, sagte sie mir, er sei behutsam. Erik, Sie erinnern sich, meine verehrten Leser, der Versicherungsvertreter, küsste sie in aller Öffentlichkeit beim ersten Treffen. Er nahm ihre Hand, schlenkerte mit ihr durch Dresden und bedrängte sie. Das gefiel ihr ganz und gar nicht.

Sie wünschte sich ein Verhältnis, was aus Vorsicht und Behutsamkeit bestand, den anderen ergründen, erfühlen können, um ihm dann vertrauen zu können.

Er, Wolfram, verfügte offenbar über diese Gabe, und sie schwärmte und schwärmte ...

Ihre zukünftigen Pläne standen jedenfalls schon so gut wie fest. In wenigen Wochen wollte sie aus dem Frauenhaus ausziehen, um mit in Wolframs Haus zu ziehen.

Er sei liebenswert 'zu Rene und offenbar der optimale Typ. Voller Euphorie erzählte sie mir von vielen schönen Ausflügen, die sie alle drei schon miteinander erlebt hatten.

Natürlich hat sie ihn wieder beim Einkaufen kennen gelernt, sicherlich eine ungewöhnliche Methode, aber wohl nicht ganz ausweglos.

Denn als wir in meinem Flitzer genau vorm Eingang des Einkaufszentrums saßen, entging mir nicht, dass Joice ständig nach irgendwelchen Leute schaute. Sie winkte vielen Männern ständig zu. Ganz jungen, aber auch älteren, man schien sie zu kennen. Als ich danach fragte, wurde sie sichtlich verlegen und lachte verschämt. Sicherlich waren das auch mögliche „Opfer" ihrer Zielgruppe gewesen.

Die andere Frage, die sich jedem normal denkenden Menschen aufdrängt, ist die Frage, wie und wo soll man jemanden kennen lernen, wenn man kein Auto und kaum Geld hat? Von Jürgen bekam sie gar nichts und vom Sozialamt 65 Euro in der Woche plus das monatliche Kindergeld für Rene. Joice meinte aber, sie komme mit dem Geld gut hin. Mir gefiel, dass sie sich Gedanken machte, wie sie an etwas mehr Geld herankommen könnte. Sie hatte schon mehrere Male gefüllte Blätterteigtaschen gebacken, die Wolfram mit in seine Firma nahm, um sie dort zu verkaufen. Sie war stolz darauf, dass es wenigstens ein paar Euro dafür gab.

Ich fand es klasse, denn es soll keiner die Meinung vertreten, alle Ausländer liegen dem Staat und dem Steuerzahler auf der Tasche.

Außerdem konnte Joice sehr gut singen. Sie zeigte mir ihr Handy, und ich las mehrere Nachrichten, die sich auf dieses Thema bezogen. Sie hatte bei einem Stadtfest Whitney Huston imitiert und das offenbar mit großem Erfolg. Die Nachrichten verrieten mir, dass die Absender begeistert waren und schon nächste Einladungen anstanden.

Sie sollte bei einem Heimatfest singen, wollte es sich aber noch überlegen.

Ihre Gedanken kreisten sicherlich immer um ihren Exmann, der mit großer Standhaftigkeit daran arbeitete, seine mit Joice geschlossene Ehe annullieren zu lassen.

Das hätte für sie die bittere Konsequenz, dass sie sofort ausgewiesen werden würde.

Eine Scheidung wäre die günstigere Variante. Da die für ihn aber teuer werden würde und er das Geld mehr liebt als alles andere auf der Welt, wollte er natürlich die billigere Variante haben.

Seine Dreistigkeit ging ja sogar soweit, dass er in seinem Wohngebiet überall herumerzählte, dass er sich eine Thailänderin „holen" wolle, wenn er wieder frei sei ... Die seien seiner Meinung nach besonders willig und gehorsam.

Joice machte es fertig, diesem ständigen Papierkrieg der Anwälte ausgeliefert zu sein, zumal sie enorme Verständigungsschwierigkeiten hatte. Die erste Anwältin, die ihr das Sozialamt gestellt hatte, konnte ihre Sprache kaum sprechen, und so gab es zu viele Missverständnisse. Daraufhin wechselte sie logischerweise in eine andere Kanzlei.

Ständig wurden Briefe von der einen zur anderen Partei geschrieben, und das zermürbt bestimmt jeden.

Sie konnte nichts tun außer zu warten und zu beten, dass alles gut wird und ihr der gemeinsam erträumte Weg mit Wolfram geebnet werden würde.

Leider konnte ich ihr dabei auch nicht helfen, meine Hilfe bestand leider nur darin, dass ich ihr Mut machen konnte.

Ich glaube, es half ihr, denn sie war froh, mit mir darüber sprechen zu können.

Wir bemerkten beide gar nicht, wie schnell die Zeit verging.

Wir hatten uns wirklich viel zu erzählen und der Zeiger nahm unaufhörlich seinen Lauf.

Ich musste zum Dienst und so verabschiedeten wir uns.

Wir winkten uns zu und ich weiß, dass es beiden gut geht, denn gestern telefonierten wir zusammen.